美得令人心醉的100首乐府诗

·遇见醉美古诗词

王光波 著

華龄出版社

责任编辑：程　扬
责任印制：李未圻
封面设计：颜　森

图书在版编目（CIP）数据

美得令人心醉的100首乐府诗 / 王光波著. --北京：华龄出版社，2017.9
ISBN 978-7-5169-1063-4

Ⅰ. ①美… Ⅱ. ①王… Ⅲ. ①乐府诗 – 诗歌欣赏 – 中国 – 古代 Ⅳ. ①I207.22

中国版本图书馆CIP数据核字（2017）第223812号

书　　名：美得令人心醉的100首乐府诗
作　　者：王光波　著
出版发行：华龄出版社
印　　刷：三河市越阳印务有限公司
版　　次：2018年3月第1版　　2018年3月第1次印刷
开　　本：660 × 960　1/16　　印　　张：14
字　　数：140千字
定　　价：32.00元

地　　址：北京市朝阳区东大桥斜街4号　　邮编：100020
电　　话：84044445（发行部）　　传真：84049572
网　　址：http://www.hualingpress.com
（如出现印装质量问题，调换联系电话：010-82865588）

PREFACE

前言

乐府自秦代始设，为负责山海地泽收入和皇室手工业制造之“少府”下辖的一个专门管理乐舞演唱教习的机构。汉虽承秦制，但乐府这一官署在汉初并没有保留下来。至汉武帝时，为了定郊祭礼乐而重设乐府。它的职责主要是采集民间歌谣或文人的诗来配乐，以备朝廷祭祀或宴会时演奏之用。它搜集整理的诗歌，后世就叫“乐府诗”，或简称“乐府”。

《汉书·艺文志》记：“自孝武帝立乐府而采歌谣，于是有赵、代之讴，秦、楚之风，皆感于哀乐，缘事而发，亦可以观风俗，知薄厚云。”六朝之时，乐府则由官署之名转为一种带有音乐性的诗体名称。

如若说《诗经》中唱出的是先秦原生态的自然清丽，是平凡而让人怀恋的朴素之美，那么乐府诗则将《诗经》中的清新自由氛围做到极致，艺术地汇集了不同时空下人们的生活之音，泼墨出了质朴却醇美的生活底色。正如著名古典文学专家余冠英先生所说：“《诗经》本是汉以前的‘乐府’，‘乐府’就是周以后的《诗经》。”

两汉乐府诗的作者出身不同、阶层各异，因此笔触所及至社会生活的各个层面。百姓的疾苦、底层的呼号、非人的遭遇、戍边的寒苦、离世的悲哀、稼穑的艰难、诀别的刺心等人间辛酸得到充分反映。也正因此，两汉乐府诗开创了诗歌现实主义的新风。

到了宋朝，郭茂倩编了一部乐府诗总集《乐府诗集》，全书一百卷，把乐府诗分为郊庙歌辞、燕射歌辞、鼓吹曲辞、横吹曲辞、相和歌辞、清商曲辞、舞曲歌辞、琴曲歌辞、杂曲歌辞、近代曲辞、杂歌谣辞和新乐府辞十二大类。上起汉魏，下迄五代，兼有秦以前歌谣十余首，算是将乐府诗真正而完整地呈现在世人面前。

王国维说："凡一代有一代之文学。"乐府诗以朴实无华的姿态，在大风起兮的时代，充当了最为虔诚的记录者。生活中有大美，俯拾皆是诗情，何不做一个乐府的拾荒者，听它如何道尽风华，看尽沧桑。

CONTENTS

目录

卷一　你的世界，但愿都好

既然准备用一生守候一段爱情，所有困难与忧伤都可以被爱的快乐所取代，为了这种爱情，付出全部痴心未尝不可。

一城倾尽，举国来观

汉·李延年《李延年歌》

北方有佳人，绝世而独立。

一顾倾人城，再顾倾人国。

宁不知倾城与倾国[①]？佳人难再得。

【注释】

①宁不知：怎么不知道。倾城、倾国：原指因女色而亡国，后多形容妇女容貌极美。

在最美的女子面前，任何男人即使不甘，恐也是不能不为之绝倒。更何况，他倾情的佳人不是与他真正相见，而是他见不到摸不着，全在脑海里不断勾画她的容姿，那样的女子将更加神妙，让他遐想的空间没有边际。李延年为武帝所勾勒的捉摸不透、看不真切的女子，不但让武帝神迷，也为后世所有的人心中勾勒了世间最出尘脱俗的女子。

在幽杳的北地，绝世女子遥立于一方，不染纤尘，脱俗凡世之外，任何人都只能仰视，“所谓伊人，在水一方”的神秘之美让人心向往之。当她一经出现，没有人不被她的美貌惊呆：一城倾尽，举国来观，别的什么都不顾，怕是要倾摧了城与国。这样倾城倾国的美人，即便毁天灭地，错过了也是可惜。自古佳人难得，宁可一无所有，也要痴心一见甚或得到这样的美人。

在延年的笔下，美人是不能割舍的。他为武帝描绘这样的女子，怕也是深种着机心。

《汉书·外戚传》中记载，宫廷艺人李延年每每能唱出好曲新歌，深得汉武帝欢心。一次，延年为武帝一边舞蹈一边唱歌，歌辞就是这篇佳人倾国的诗。武帝听后叹息道：人世间哪里能见到如此的美人呢？武帝的姐姐平阳公主在一旁说，延年有个妹妹就是这样的绝世美女。武帝马上召见他的妹妹，真的妙丽无比，实乃倾城倾国，且聪慧善舞。于是延年的妹妹得到武帝的无比宠爱，她便是武帝生死难忘的宠姬——李夫人。

自古美人爱英雄，待字闺中的李家绝世美女，对武帝这样顶天立地的男子，暗里钟情是必不可免的。天生丽质难自弃，谁知《李延年歌》，是不是那个色艺绝佳的妹妹写了这绝世情书，让哥哥代为唱给武帝来自荐枕席？

歌中开门见山的直言，一无渲染铺垫，恳切呼告听者不要错过，如若不是出自女子本人手笔，谁有这样的急切？没有真的倾城倾国之貌，谁能有如此的信心吟出这样的诗句？不是最美的佳人，怎会拟出这最美丽的情书呢？

北方有佳人，于是，千古大帝倾倒了，然而，没有倾国，留下的却是刻骨的倾心。武帝自得李夫人后，对其他嫔妃毫无兴趣。可惜天妒绝色，李美人早亡，于是他伤心欲绝，亲自督饬绘制李夫人画像悬挂甘泉宫，旦夕徘徊瞻顾，低回嗟叹，并写了“是邪，非邪？立而望之，偏何姗姗其来迟……”的诗，令宫中乐师谱曲演唱；还写一篇《伤悼李夫人赋》，可谓伤心欲绝。

古典的诗歌中，由来已久实实在在地描写女子的美态来衬托佳丽，极尽好词好句，《洛神赋》在此方面堪称绝笔。然而，本歌脱离俗套，以虚衬实的艺术手法来写，确实“其辞脱口而出，无矫揉妆束之态”。

情歌伴他们远去千里外

南朝·齐·谢朓《江上曲》

易阳①春草出，踟蹰②日已暮。

莲叶尚田田③，淇水④不可渡。

愿子淹⑤桂舟，时同千里路。

千里既相许，桂舟复容与⑥。

江上可采菱，清歌共南楚。

【注释】

①易阳：易水的北岸。

②踟蹰：徘徊、缓行的样子。

③田田：形容莲叶茂盛。

④淇水：河南域内的黄河支流。

⑤子：诗中女子所钟情的人。淹：停留，停下。

⑥容与：徘徊犹疑。

爱情有时仅仅是一瞬间回眸产生的错觉，但总有人愿意用长久的等待去消磨。

一江春水，缓缓东流，青葱嫩草，绒绒密密，婉丽少女踏着春草迈着婉娈的莲步，徘徊在易水沿岸，清秀的脸庞有着淡淡的忧伤。她时而眉头紧锁，几许怨尤，几分惆怅；时而又喜上眉梢，眺望远方，神思不知几何；时而又霞飞满面，羞怯可人，让人猜不透心思。一颦一笑、一眼一望，举手投足间让整个画面变成了青春的喜悦与哀愁，又矛盾，又跳脱。

此时流溢的春光填不满女儿心，阵阵难以抑制的爱意涟漪泛起，再也难于按捺止歇，她踯躅流连着，从春草萌发的春天到“莲叶尚田田”的夏季，不言放弃，不肯离去，只为等待……等待和寻觅往往是伴着轻愁的。

又是一个等待的日子，不知不觉间日将西隐，抬眼见到被夕阳染红的莲叶，饱满挺秀，光鲜亮丽，未能制造好心情，却惆怅忽生——想到“莲”与“怜”的同音，应被怜爱的自己空付了妙龄时光，如何显得不可怜呢？再看眼前绿波荡漾的春水似乎难以渡越，自己的爱情好像也被江水阻隔，不知何年何月能够到达彼岸。

南朝齐人王融的《古意》中有“巫山彩云没，淇上绿杨稀”的好句，用巫山和淇水来表达人的思念之情。而本诗中“淇水不可渡”，恰恰也是譬喻了恋想难遂的心境。“愿子淹桂舟，时同千里路”，她盼望着心上人乘着桂舟，荡着兰桨，从千里之外浮清水绿波而来。

一般来说，青春的相思通常是无疾而终的，这首诗却没有，而是一个对爱情充满希望的女子满怀信心等待情郎的到来。彼时她与情郎只见一面，却是一见钟情，隔水送歌，常人是不敢如此就把心交出去的，但少女不同，她深情地许愿：盼望与情郎共乘桂舟，一边采菱，一边唱歌，让动听的情歌伴随着他们远去千里外，在湖光山色的南楚流连忘返。少女对爱情的执着，不能不说是给我们的惊喜。

青春少女端立于江渚，追求深婉炽热的爱情，极尽浪漫风流。对邂逅相遇的青年便敢以心身相许，远去天涯放舟，大胆率真，可爱可叹。品读诗歌古韵，虽时逾千载，仍宛如目见佳人多情的风韵。南朝齐诗人谢朓善作辞赋和散文，一贯主张“好诗圆美流转如弹丸”，他的诗歌创作也贯彻了这一审美观点，此诗读来的确有珍珠流动之感。

勇敢和执着令人怜慕

晋·民歌《孟珠》

阳春二三月，草与水同色。
道逢游冶郎[①]，恨不早相识！

【注释】

①游冶郎：野游少年或风流少年。

人海中只看了那人一眼，或一次无意的腕肘触碰，便怦然心动，白日间乱神，夜晚里失眠，这便是一见钟情。“众里寻他千百度，蓦然回首，那人却在，灯火阑珊处”，眼神随着那身影而去，不再有其他顾念，心中守着唯一，这是固执的爱，深挚的恋。

无须不相信一见钟情，男女之间就是这样奇怪，每个人在走进恋爱时都渴望遇到特别的心动。这件事就发生在那个中古的时光里——阳春二三月间，暖意随春风而来，万物生发，鸣禽歌唱；草的颜色与水色一样碧绿明净，景象柔美，增添了春的无限柔情。这是爱情易发的季节和易发的土地，女子便在此时此地外出踏青，她不仅要赏玩春光丽色，更有意在此之中邂逅爱情。

她或是挎着篮筐去采菜，东张西望地看，以便掩饰心底与眼底期待邂逅的秘密；或是将去水中划船儿采菱，那里常有游冶郎窃望采菱女的皓腕；或是坐着轿子，时时掀帘偷眼轿外少年郎……她彩衣飘飘，花枝颤颤，十分妙丽，百分诱人。

如此女子在眼前，怕不会有人不心动吧。苍天不负有情人，她真的遇到了一名俊俏风流的少年。他的形象和言谈举止与她长久构想的情人完美吻合，她对他一见钟情，甚至用“恨不早相识”来表达两人之间的相见恨晚，可见她陷得很深。

她怨恨时日苦短，相信如果提前一见，两人定可以早就相爱，今日相遇已属迟迟来晚，以往多少时光都被浪费了。偶然相遇素未谋面的人便爱上了，看起来有些轻率，她却相信是情缘，因而不顾一切。有道是，“金风玉露一相逢，便胜却人间无数”，诗中的女子热情急切，义无反顾，决绝而痴迷，勇敢和执着实在令人怜慕。

晋代女子这种纯真而大胆的感情流泻，是后来宋、明时期思想禁锢下的人们所难想象的，这应是跟时代有关，当时少数民族大量迁居中原，民族融合得到了加强，所以民风凸显了大胆坦率的一面，民歌里更是朴素中透露着可爱，无怪后世人称本诗为“春天与人性觉醒的歌”。

不唱出来，又有谁人懂你

南朝民歌《子夜歌（二首）》

落日出前门，瞻瞩见子度[①]。
冶容[②]多姿鬓，芳香已盈路。

芳是香所为，冶容不敢当。
天不夺人愿，故使侬[③]见郎。

【注释】

①瞻瞩：观看。子：你。度：过往，过来。

②冶容：女子修饰得很妖媚。

③侬：此处为“我”的意思。

提起乐府，没有办法不说《子夜歌》，其调子相传是晋代一个叫子夜的女子所做。既为女子所创，后人无论怎样填充附会到调中的诗句，好似都摆脱不了情咒，写下的都是有关爱情的点点绵绵，将感情的事描绘得淋漓尽致。

这里引用的仅仅是《子夜歌》其中两首，第一首写男子应约夜晚来会，第二首接着描写女子见到男子的羞态和心中的喜悦。两首诗连在一起谱写的是香薰夜晚里的爱情故事。

你可能不懂古人，却不会不懂爱情。即便是两千年前的幽会，也不会缺乏该有的浪漫。同村而居的男女，不知已偷偷交流了多少次眼神，爱慕早伸出嫩芽儿又迅速生长，在两人的心中长成了爱情之树。静夜里才是爱的伊甸园，约好了今晚的幽会，一切自然地进行着。

为了这场幽会，白天里少年魂不守舍，终于把太阳盼得落下了西山，怀揣着小鹿乱撞的心偷偷地溜出门来到约会的地点，左瞻右瞩，四处瞧看。正当心情焦灼时，一个袅袅婷婷的身影从远处走来。“冶容多姿鬓，芳香已盈路”，朦胧中却见一位身姿窈窕、发髻高耸的冶艳少女，带着芳香与诱惑而来，竟是今晚与他相会的情人。不知她为何花了这么大功夫打扮自己，简直让人不敢贸然相认。

少年呆了，惊艳地看着少女，呢喃着夸赞她今天的姿容。由衷的赞美使少女窘态毕现，不好意思起来，她连连对少年解释，满路的香气是香料造成的，不是自己的体香，艳冶多姿也是愧不敢当。之所以这么打扮，是对自己没有自信，希望他不要因此嫌弃。可想而知，少女的心中必是忐忑不安，所以才道出“天不夺人愿，故使侬见郎”的由衷欢欣，她担心少年爽约，没想到少年还是如期而来。

两首子夜歌的上呼下和，简单直白，充盈着大胆的爱情宣言。午夜幽会是多少人不敢宣之于口的，但少年和少女却毫不情怯地表露，没有娇娇柔柔，没有忍耐吞声，怕就是这大胆诗歌的魅力所在。不唱出来，又有谁人懂你！

为了爱情，付出全部痴心
南朝民歌《子夜歌·怜欢好情怀》

怜欢[1]好情怀，移居作乡里。
桐树生门前，出入见梧子[2]。

【注释】

①怜欢：怜爱、喜欢，表示爱得很深。

②梧子：梧桐的子实，谐音“吾子”，意为我的爱人。

这是一支篱笆墙之间的爱情小调——几句淡淡的诗句把人引入一处年代久远的田园。

一处居舍散布的村落，蜿蜒的小路伸向每个村居，袅袅炊烟衬得此地一派祥和。一家房舍的门口经常有一位端庄秀美的姑娘出入，不是去井旁担水，便是去前溪洗衣，或是在园中采菜、浇花……若是外人经过这里，估计要上前搭讪了，谁又能成为姑娘的真命天子？

在所有人猜测的时候，不知从哪里来的男子在她的家旁边建起了新居，经常站在窗边，对着进出的姑娘愣愣出神。惹得姑娘也很害羞，只要见到男子健壮的身影，心里就会荡起波浪；当他深情的目光扫过她的脸时，她立即觉得像被阳光烤到似的灼热，红霞便飞满了如月的面庞。

二人的相遇或许是在远方，郎有情妾有意之下，男子才从远方搬来这里，到她所住的地方附近定居，以便可以时时刻刻看到她的模样。从此，他能天天看到姑娘进出，一颗惴惴的心总算有了着落。

姑娘每天在梧桐树下劳作时亦可以望见邻舍的男郎，内心的甜蜜淡淡涌出——男子可以远离家乡千里迢迢建居到她的身边守望，人间竟有这样的痴情者，她无法不感动。两人的情意由此益发深厚。门前的梧桐树叶长得越来越繁茂，仿佛在见证二人爱情的果实日渐丰盈。

宋人李之仪有词曰：“我住长江头，君住长江尾。日日思君不见君，共饮长江水。此水几时休？此恨何时已？只愿君心似我心，定不负相思意。”说的是异地恋中两个有情人的海誓山盟，坚贞的爱情让人感动。然而，与“移居作乡里”的男子相比，异地恋的男人仿佛就落俗套了，既然男女之间情意深厚，在恋人家旁建起新家以解相思苦，不是更好吗？这种解决相思的办法实在具有现实意义，带给人的更是满满的震撼和感动。

所以莎士比亚才会说：“我承认天底下再没有比爱情的责罚更痛苦的，也没有比服侍它更快乐的事了。”既然准备用一生守候一段爱情，所有困难与忧伤都可以被爱的快乐所取代，为了这种爱情，付出全部痴心未尝不可。

郎妾说着爱的情话

南朝民歌《子夜歌·宿昔不梳头》

宿昔①不梳头，丝发被②两肩。

婉伸③郎膝上，何处不可怜。

【注释】

①宿昔：昨夜。

②被：通“披”，披散。

③婉伸：柔婉地伸展。

温婉柔媚本来就是女子的天性，由此才魅力无限，诗中的女子应如是，所以令男子不能自拔。于是两情相悦似乎成了没有界限的理由，很自然的，彼此沉浸在夜晚情爱的流光中，一帘遮去帐中幽梦。

从古到今，激情绽出的娇柔媚惑之花是对生命的恋惜和沉醉，是人性原力的自然外溢，所以人们对它的不加掩饰令人惊诧，甚至是加以讴歌。

诗的一开始就给出了既特殊而又极寻常的爱的情境——昨夜一宿情爱，缠绵久久，吟唱了动人的郎妾缱绻之歌。晨起时女子慵懒已极，哪来心情和力气梳头洗面，因而丝发披在两肩，娥眉未曾添彩，脸上尚留有昨夜欢喜的泪痕。虽然如此，在情郎的眼里却是最为风韵魅惑之态。

接下来描绘的情景更加直截了当——女子玉体横陈，卧在男子的腿上，窗纱透进的春光，连日头都被屋内的情景羞红了。可以想象，眼前是一个懒得梳头的江南少妇，蓬松着披肩的秀发，温软柔顺地躺在情郎的腿上，放情地舒展身子，美态可掬，旖旎七分，蜜意百般……再往后的画面，想来便是在熹微的晨起朦胧中，郎妾说着爱的情话。

未梳洗的散发和慵懒的睡姿形成了此刻女子曼妙的情状，这是被情爱的热浪冲击出来的倦态，销魂的时刻已经属于昨夜，女主人公依然沉醉在爱人的怀中，忍不住问："何处不可怜？"这般讨巧的温婉，美魅多情，浑身上下有哪一点不惹人怜爱呢？若是换作任何一个男子，都得拜倒在这娇嗔当中。

《大子夜歌》中说"歌谣数百种，子夜最可怜。慷慨吐清音，明转出天然"，这种对《子夜歌》的评断最为精当。这首描绘江南女子柔媚多情的小诗，坦陈情爱，慷慨清真，没有丝毫的矫揉造作，充分显现了民歌的特点。

春季最易惹春情

南朝民歌《子夜四时歌·春林花多媚》

春林花多媚，春鸟意多哀。
春风复多情，吹我罗裳开。

法国民歌里有句老话："如果把爱拿走，地球就变成一座坟墓。"假若没有了各类有关爱的话题，生命将大失颜色。毕竟岁月里每个人都是故事，有的发生得铭心刻骨，有的发生得好来好去，有的却倍加简单，但无论是任何事，包括萌动的爱，都要存在。

《子夜歌》有那么多好诗，这首能够脱俗，恰是因为入俗，它写了少女情窦初开的心愫。

青葱翠绿的树林里开放着朵朵明艳的花，整个山峦都为之变得明媚。江南的春天，山清水绿，景色秀美，生机盎然，鸟儿更是唱起了春歌，本应欣赏大好春光，踏青赏春的少女却一反常态，满怀心事。文人的笔下似乎只有秋景才有愁情，然而这首诗里，春色带着愁意，主人公因心事重重，连悦耳的鸟鸣也"意多哀"。

原因是什么呢？原来春季最易惹春情，少女的心焰被春意点燃了。在她的眼里，鸟语花香，春景佳妙；可是在她心里，秀林凭艳花来显现娇媚，像自己以美丽的容貌增添女儿身的媚惑；鸟儿唱出春歌里的哀婉之意，像心上人曾向自己表达的爱的恳求。然而，她犹豫不决，不知道该不该下定决心投入他的怀抱。

恰恰在这一刻，春风拂来，时机正好。春风素来最是多情，轻轻吹拂她的发丝，拂来了融融春暖，也吹开了她的罗裳，既展示她的美丽，同时吹开她的心扉，给了她向那人敞开胸怀的动力。

“春林”“春花”“春鸟”“春风”，一切与“春”有关的美丽景物都在暗示主人公的心情——妙龄女子，正是春心萌动的花季，流连春景，悦赏鲜花，倾听鸟鸣，情窦正开。最后一句春风“吹我罗裳开”，更是性感至极，吹开的不仅是罗裙，还使读者浮想联翩。

终极的留白，是在每个人的心里。

本诗又简短又朴实，却谱了一位踏青女子复杂的心曲，使人得见少女窈窕的身姿、踟蹰的脚步，听到她交织着忧思与开怀的笑声，得到的是思绪的妙想和萌动。

连蒲草都湮没于爱的海洋

南朝民歌《拔蒲（二首）》

青蒲[①]衔紫茸[②]，长叶复从风。
与君同舟去，拔蒲五湖中。

朝发桂兰渚，昼息桑榆下。
与君同拔蒲，竟日不成把。

【注释】

①蒲：蒲草。

②紫茸：蒲草开出的紫色茸花。

宋代学者郭茂倩在题解引南朝陈智匠的《古今乐录》中说："拔蒲，倚歌也。"倚歌指乐府歌的伴奏有鼓吹却无弦乐，有些类似今日的说唱。既然为歌，无论是缠绵悱恻盖世鸿篇，还是小词小调不加修饰，都有无限的风情。《拔蒲》正是这种小调，清清浅浅，别有韵味。

无际的清水里有着像草原般辽阔的青蒲，蒲上还衔了紫色的茸花随风不停摇曳，与天连成一片。色彩明丽富有动感的风物里隐隐透出了丰收的景象。这时一位女子乘舟而来，进入这静谧的画面，而驾舟的是她的恋人。也许是怕羞或怕人妒忌，因而向湖中驶去，行过一个又一个湖弯躲到没人的地方去拔蒲。人们瞧着他们把舟荡向远方，一点点消逝在曦光中……

这对儿恋人是早晨从“桂兰渚”出发，那里生长着桂树和兰草，最适合谈情说爱，等到傍晚，舟子行至远处，栖息在桑榆树下，这里的树荫也是恋爱的美好处所。整个青蒲塘处处草木仿佛都是为了他们的相爱而生长，是为了完成陪伴他们度过最美时光的使命而存在。因为这爱情，他们连劳作都抛在一旁，“与君同拔蒲，竟日不成把”。一整天劳动下来却拔蒲不到一把，不言而喻，劳动成果少得可怜。

尽管拔蒲无获，爱情却大丰收，因为两人一天里柔情蜜意粘在一起，简直蜜里调油，在他们的思绪中，连同这一湖蒲草尽都被湮没于爱的海洋。

两首小诗字面上通篇在写拔蒲劳动，没有一字提及爱情，读后方知每一句都在说爱情，而且爱得极深。诗里明修栈道、暗度陈仓的功夫是别家不能比的。

春心萌动，跃跃欲试

南朝民歌《子夜四时歌·青荷盖渌水》

青荷盖渌[①]水，芙蓉葩[②]红鲜。

郎见欲采我，我心欲怀莲。

【注释】

①渌：清澈。

②芙蓉：指莲花、荷花。葩：即花，引申为华美。

诗人骚客的笔下从来是不肯放过“出淤泥而不染，濯清涟而不妖”的莲荷，大体能吟上三两句好诗好词的人，莲荷这个话题是少不了的。它既有君子之风，又有富贵之态，人称“水芙蓉”，接天莲叶无穷碧的姿态确实惹人倾慕。然则，这首“青荷盖渌水”中的荷花却非君子，反而是美人。

江南夏日正好，水本是清澈澄碧，荷叶更青翠欲滴，一片片铺展开尽情在水里延扩，遮住了潺潺流水；娇滴滴的莲荷点缀在葱茏的绿叶中，一湖丽景如一桌盛宴摆放在人前，一幅盛夏清池美莲图异常炫目。

“芙蓉葩红鲜”，可谓香艳美丽。夏天骄阳下，叶子间盛开着一朵朵水芙蓉，像一张张粉红鲜嫩的女子面庞，极其华美；红花瓣就像她们轻启的朱唇，温润性感。满湖的荷花容色艳丽、摇曳多姿，既是说夏日如火如荼的热烈，也隐喻整首诗的灵魂人

物——如水芙蓉般的少女。“生如夏花”，大概就是这个意思了。

这位怀揣着热情的少女在等候着爱郎，荷花就是她的面庞，花瓣是她的朱唇，此等美丽，只等情郎把持不住来采撷。诗的意象中，人也即花，花也即人，整首诗充满春心萌动、跃跃欲试的感觉，无论是少女还是情郎。

女为悦己者容，赞说自己如花无疑是要人欣赏，而美丽更是要给意中人看的，情郎自然是不能不懂，不过少女娇羞地欲迎还拒，待情郎刚要接近时，她却把话题含糊地调转——“我心欲怀莲”——“其实是有朵莲花长在我心里，傻小子不是你，休要自作多情”。表面上虽然是拒绝，心里却早急不可待，只要少年不糊涂，便会想到少女心中怀莲是隐语，装满的其实是对情郎的爱，大有任君采摘之意。

《汉书·艺文志》中记载：“自孝武立乐府而采歌谣，于是有赵、代之讴，秦、楚之风，皆感于哀乐，缘事而发，亦可以观风俗，知薄厚云。”乐府即为民谣，感时人哀乐，一切由眼前事发出感想，大胆真切，表露自然，这首《子夜四时歌》不外如是。

爱的冒险

南朝民歌《长干曲》

逆浪故相邀，菱舟不怕摇。

妾家扬子住，便弄广陵潮。

唐代中叶以前的数千年间，扬州、镇江一带的长江广陵潮比后来的钱塘江潮更加波澜壮阔，只是在唐代后期消失了。历史上广陵潮的宏伟景象使无数骚客荡气回肠，也留下许多传世的诗篇。然而，《长干曲》中的广陵潮好似仅仅是爱情中的配角。诗中驾船的女子逆浪而行，上溯于波澜涌荡的江水中，船技高妙得令人惊诧。也不知女子此去是为邀约何人，又所为何事，竟如此着急，料想背后隐藏着一段隐情。

这里的菱舟不是指采菱的船，该是以捕捞为业的船只。船不怕大风浪的摇撼，明显行舟的人此刻决心坚定，勇气表露无遗。原来，这个技术好又大胆邀人的是远近闻名的勤劳女子，在扬子江上以捕捞为业。从其谦称“妾”的口气及娇憨的语气来看，她追的人一定是位男性。下了那样大的决心，一往无前地追赶，无疑是对对方心生欢喜。

女子追男子的目的是要一起去翻弄波涛汹涌的广陵潮，更直白地说，她想与他一起去冒险，即便遇有再大的危难也生死相依。“逆浪”而上，“舟不怕摇”“便弄广陵潮”，句句诗都隐含着勇气，想来这段爱情是不被祝福的，而她却急切地想表达自己的心意，至于这段追爱的结果，反而显得没那么重要了。

有时候，有些人一辈子相处也只是个温暖的陌路人，彼此擦肩而过，却难知心意；有些人与你相识，却总是停留在泛泛之交，如静水流深般淡然；可是有些人却愿意陪你走走停停，一起欢笑，一起疯狂，一起冒险，虽然此刻看不到这结局，但是找到得到开始，即便你我三生石上刻得不是彼此的名字，爱也已经爱了，苦亦有甜。

直陈心意，痛快淋漓

北朝民歌《捉搦歌·谁家女子能行步》

谁家女子能行步，反著裌禅[1]后裙露。

天生男女共一处，愿得两个成翁妪[2]。

【注释】

①裌禅：双层的单衣。

②妪：老妇。

捉搦的意思犹如“捉拿”，像男女相戏中捕获爱情似的。作为北方的民歌，《捉搦歌》多写男女之间的爱恋与婚嫁，歌词的情调诙谐、幽默、开朗，总是充满跳脱的欢悦，挠着人的心尖。

同乡居住的青年男女从小就互相稔熟，长大后在劳动和生活中也有很多接触。这一日几名青年男女一同行走在路上，其中一名女子走在前面，为了引人注意她反穿夹袄，臀部以下的后裙都露在外面，凸凹的身姿显露出来引人注目。后面的一名男子见到了怦然心动，他早就对这个女孩儿心仪，平素之间也常说笑，此时见她步姿轻盈舒缓，曲线妖娆写满魅惑，追慕情思油然而生，脱口说出了调笑语言：“谁家女子能行步，反著裌禅后裙露。”

当时北朝正由少数民族统治，礼教的束缚很弱，加之北方女子本就性格开朗活泼，素不惧家庭俗规，所以这名多情的女子反而大胆调笑男子：“天生男女共一处，愿得两个成翁妪。”意思是上天把男人和女人生在了一处，就是提供条件让他们相互结合，愿与你结成情投意合的伴侣，直到两人变成老翁老妪。

这般大胆的表白，恐怕今人也有很多不敢。多少人踟蹰在人生的路上，历尽沧桑，写下幽咽的感悟：倾一世温柔，惹一身尘埃；付一腔热爱，转一路崎岖；唱一出光阴，流一生泪水；遇一段因缘，怀一世寂寞。

所有对爱情的热情，仿佛在几次挫折中熄尽。可是，生命不是长风万里，经久不衰，在爱情面前，输的人往往是最不喜欢宣之于口的人，以为默默守候和付出，结局终将是好的，却远不及诗中男女的大胆姿态来得痛快。“十年生死两茫茫，不思量，自难忘”“问世间，情为何物，直教生死相许”，这般轰轰烈烈的爱情，凡人哪里容易经历，又怎经得住考验，还不如眼下直陈心意，痛快淋漓。

最美的相遇是久别重逢

南朝民歌《西乌夜飞》

日从东方出，团团鸡子黄[①]。

夫归恩情重，怜欢[②]故在傍。

【注释】

①团团鸡子黄：圆圆的，像鸡蛋的蛋黄一样。

②怜欢：怜爱喜欢。

最浪漫的事莫过于陪一个人慢慢变老，陪他种种田、养养鸡、弄弄花草，再看着孩子长大。所以才有人说，爱你是一种幸福，疼你是一种珍惜，看你是一种享受，吻你是一种温柔，抱你是一种浪漫，念你是一种习惯，想你是一种快乐，等你是一种圆满。民歌里的夫妻，给人的感觉莫过于此。

诗中的主人公应该是一名养惯了家禽、家畜的农家女，于她而言，风日正好，圆日像团团的鸡蛋黄，可爱而温暖，象征着家庭的美满。这里绝无亵渎之意，实是充满爱喜。文学作品里以蛋黄譬喻太阳的实属罕见，若真是一位巨匠如此落笔，怕要被人笑掉大牙。不过，这篇乐府诗却是百姓所做，其思其想朴素新鲜，韵味真实又具田园色彩，这正符合民歌“朴而实巧”的特色。

古代的妇女常以日月比喻自己的丈夫，诗中先以日之出起兴，也便暗示下文丈夫的归来；团团圆圆的蛋黄既可以描写太阳团圆的形状，也可双关比喻夫妻的团圆。令主人公欣喜的是，丈夫终于披着阳光如期归来，夫妻得以团圆。

人间最美的相遇是久别重逢，她因怜爱而欢喜无限，见到丈夫的感觉就像她刚与他恋爱，一步都不肯离他而去。让人仿佛见到一位姿容俏丽的农家少妇，等到久别的丈夫回来，忘记了做家务，只管依偎在他的身旁仰视，目露深情，娓娓地对他诉说相思。

《西鸟夜飞》属乐府《清商曲辞·西辞曲》，这里选的是五首中的第一首。许多诗歌中留下的多是家庭悲剧的色彩，乐府诗中却留存了这一首咏唱家庭幸福和夫妻恩爱的歌，弥足珍贵。

在爱的游戏里，难的不是开花，而是丰收。

卷二　几次细思量，情愿相思苦

我们以为爱得很深、很深，来日岁月，会让你知道它不过很浅、很浅。假若情感经不住时光的考量，仅仅是以容貌来作为量尺，还不如不曾相逢。

相思愁苦谁人懂

汉民歌《古诗十九首·迢迢牵牛星》

迢迢牵牛星①，皎皎河汉女②。
纤纤擢素手③，札札弄机杼④。
终日不成章⑤，泣涕零如雨。
河汉清且浅，相去复几许？
盈盈⑥一水间，脉脉⑦不得语。

【注释】

①迢迢：遥远。牵牛星：隔银河和织女星相对，俗称“牛郎星”，在银河南。

②皎皎：明亮。河汉女：指织女星，在银河北，与牵牛星隔河相对。河汉，银河。

③擢：伸出。这句是说，伸出细长而白皙的手。

④札札弄机杼：摆弄着织机，发出札札的织布声。

⑤终日不成章：是说织女因害相思而无心织布。

⑥盈盈：清澈、晶莹的样子。

⑦脉脉：含情凝视的样子。

幸福并不复杂。饿时，饭是幸福，够饱即可；渴时，水是幸福，够饮即可；累时，闲是幸福，够畅即可；穷时，钱是幸福，够用即可；困时，眠是幸福，够时即可；爱时，牵挂是幸福；离时，回忆是幸福。

当牛郎和织女天上地下分别时，每年都期盼一朝得见，或许有了这牵挂，才是幸福，而有了长久的分别，依靠彼此的回忆亦能得到幸福。《迢迢牵牛星》这首诗，描绘的正是牛郎和织女间不朽的神话。

夜空中，牵牛在银河南，织女在银河北，两颗星之间路迢迢难相会。织女伸出白皙的手弄着织机，发出札札的织布响，相思之苦扰得她哪有心织布，一整天也没织成一段，眼泪却下雨般落个不停。这里“终日不成章”化用的是《诗经·小雅·大东》里的“跂彼织女，终日七襄。虽则七襄，不成报章”，写尽相思愁苦。再看眼前银河的水清又浅，相距的路又有多远？虽只隔一道清澈的水，但她和牛郎只能含情凝视而无法交谈。

牛郎和织女的故事已被后人嚼烂，却仍然不朽，很多很多年以后，人们都不曾忘却这古老的想念。早在《诗经·小雅·大东》中，就已写到过牵牛星和织女星，《春秋元命苞》和《淮南子·俶真》里更说织女是神女。本诗作于东汉后期，牛郎织女离隔的故事此时大概有所定型，后来经过民间流传又产生了不同的故事情节。本诗虽然描写天上牵牛和织女，独特的一点却是视角落在地上，人们望着牵牛、织女二星，其实是在抒发自己对遥远的征夫、游子与爱人的相思苦。世间的离人千千万，远隔千里以至讯息都无法传递，有的甚至终生无法再见，哀愁和苦情不言自喻。

诗中六句不断推出叠音词，“迢迢”“皎皎”“纤纤”“札札”“盈盈”“脉脉”，不断推进语气和情感，令诗句浑然天成，意蕴深沉。虽无一句写世人，但后面像是在写一位饱含离愁的少妇形象，又像是一位思念亲人的茕影，极是动人。

清风明月是殇情风物

汉民歌《伤歌行》

昭昭①素明月，辉光烛我床。
忧人不能寐，耿耿②夜何长。
微风吹闺闼③，罗帷④自飘扬。
揽衣⑤曳长带，屣履⑥下高堂。
东西安所之⑦？徘徊以彷徨。
春鸟翻南飞，翩翩独翱翔。
悲声命俦匹⑧，哀鸣伤我肠。
感物怀所思，泣涕忽沾裳。
伫立吐高吟，舒愤诉穹苍。

【注释】

①昭昭：明亮。
②耿耿：心不安貌。
③闺闼：指内室。
④罗帷：纱帐。
⑤揽衣：犹“披衣”“穿衣”。
⑥屣履：犹今口语“趿拉着鞋”。
⑦安所之：何往。这句是说往东还是往西。
⑧命俦匹：招呼伴侣。

诗人独爱明月，但明月最爱的是谁却鲜少有人知晓，懂明月的人，古今像是只有张若虚，一句“春江潮水连海平，海上明月共潮生”，明月与海潮，既有情牵又符合常理。所以像是李白、苏轼，也不过是埋怨明月的爽约，把它当成不吐露芳踪的倩影，不懂它的真情。

《伤歌行》的明月无人懂，它却懂得女人的心。素白的月亮闪着昭明的辉光透过窗纱照在睡床上，想给她以抚慰，可是她无心赏月，反而被辉光扰得不成眠，嫌起夜的久长。月光原宥了她的矫情，实因知她过于忧伤。

她不但嫌月光，也嫌好风吹入了闺闼，连床边的罗帷也跟着飘飘扬扬。月光、微风、罗帷一起来舞，使她的心绪更加不宁，怎能躺得住，只好起身披上衣服，也不梳妆打扮，穿鞋向外面走去。她并没有目的可言，就是彷徨不定，无法确认自己要干什么，心无所寄，身无所托。“忧人不能寐，耿耿夜何长”，只能是在房内的月光中走来走去，以待天明曙至。此时的她其实极其苦闷。

屋漏偏逢连夜雨，正当她在堂屋里彷徨之际，忽见夜空里一只孤鸟“翩翩独翱翔”地向南飞去。在飞行中还不时地发出凄厉的悲鸣，她知晓孤鸟的鸣叫是在哀呼不知走失了还是被人类捕获的伴侣，一时感物怀思，泣涕沾裳，由孤鸟想念起那人，只觉得鸟的哀鸣在划破夜空的同时也划破了自己的心。她再也悲情难抑，痛哭失声，忍不住道一句：人世间如此不平和悲凉，苍天你何以视而不见？

这首小歌让人忆起黄庭坚的那句“清风明月无人管，并作南来一味凉”，只是黄庭坚的笔下，清风明月是可爱的；《伤歌行》中女子的心中，清风明月徒然是伤情的风物。两种心情，一在天上一在地下，何止天壤之别。

有段歌词写的真切：“往事不要再提，人生已多风雨，纵然记忆抹不去，爱与恨都还在心里。真的要断了过去，让明天好好继续，你就不要再苦苦追问我的消息。”爱情既然不再，相见争如不见。

每每梦中仍在想念

汉民歌《饮马长城窟行》

青青河畔草，绵绵①思远道。
远道不可思，宿昔梦见之。
梦见在我傍，忽觉在他乡。
他乡各异县，展转②不相见。
枯桑③知天风，海水知天寒。
入门各自媚④，谁肯相为言！
客从远方来，遗我双鲤鱼⑤，
呼儿烹⑥鲤鱼。中有尺素⑦书。
长跪⑧读素书，书中竟何如？
上言加餐饭，下言长相忆⑨。

【注释】

①绵绵：延续不断，形容草，也形容对远方人的相思情。

②展转：辗转，经过许多地方。又或形容不能安眠。

③枯桑：落了叶的桑树。

④媚：爱。

⑤双鲤鱼：指藏书信的函，刻成鲤鱼形的两块木板，一底一盖，把书信夹在里面。

⑥烹：煮。假鱼本不能煮，为了词语生动故意将打开书函说成烹鱼。

⑦素：素是生绢，古人用绢写信。

⑧长跪：伸直了腰跪着，古人席地而坐，坐时两膝着地，臀部压在脚后跟上。

⑨末二句的“上”“下”指书信的前部分与后部分。

在思念面前，人人都要投降，所以宁愿来生化作一棵树，永远站立，不会为一切悲欢动摇。

河畔的青青草色已不记得承载了多少思人的忧伤，它本让人怀着愉悦，但在少妇的眼里却徒增愁绪。绒绒青草铺向了天际，思夫之情沿着绵绵绿意一直伸向远方，被思情之苦折磨着的她意识到了“远道不可思”，极力要驱除空劳的妄想。

思妇的苦情从未间断，每每梦中仍在想念，似与丈夫相见，情景真切自然，仿佛他就在自己身旁触手可及，然亦真亦幻似昏似醒时，忽觉梦中的丈夫早已离开去了他乡，即便相见却不得见，对方怕是辗转在异乡间。

黄粱一梦终须醒，相思之苦反转浓，她悲凉地道出了塞满胸心的怨苦——“枯桑知天风，海水知天寒”。枯败的桑树虽已没有了叶，尚且知道天上的冷风在吹；海水虽然广大不冰冻，却也知道天气已变寒冷；远行的丈夫难道不知家中妻子对他痛苦的思念吗？瞧瞧左邻右舍，别人家的丈夫进入家门，一家和和乐乐，嘘寒问暖，甜甜美美；唯有自己独守空房，冷落凄清，没人给以安慰。

难道真实的生命唯有用时间丈量一切寂寞，只有承受，才觉得不痛吗？

终于，有一天丈夫托远方的客人给捎来了尺素书，刻有“双鲤鱼”的信夹做得很精致，显示了丈夫对寄信的郑重。少妇欢乐无比，即刻跪坐床头读起了书信，急切地想知道里面的内容。然而她失望了，信中丈夫只告诉她努力加餐，注意身体，却没提到归期，反而要彼此长相忆。

仅是“长相忆”，流淌了多少无奈，未来不知要催生多少忧愁。

《饮马长城窟行》是可以入乐的《乐府诗》，本属于《民间乐府》。后世评价“行”体：“步骤驰骋，疏而不滞曰行。”此诗的首段采用顶针连缀修辞，前一句结尾做后一句的开头，邻接的句子首尾相衔，读起来荡气回肠，行云流水，殷切缠绵，真切悠远，难怪被称为乐府诗中最为传颂的“闺怨诗”。许多名人会忍不住引其一二句，为自家作品增添生趣。

管叫相思缠身，不舍不离

汉民歌《古诗十九首·行行重行行》

行行重行行[①]，与君生别离。
相去万余里，各在天一涯[②]。
道路阻且长[③]，会面安可知？
胡马依北风，越鸟巢南枝。
相去日已远，衣带日已缓。
浮云蔽白日[④]，游子不顾反[⑤]。
思君令人老，岁月忽已晚。
弃捐勿复道[⑥]，努力加餐饭！

【注释】

①重行行：行了又行，走个不停。

②天一涯：天一方。两人各在天之一方，相距遥远，无法相见。

③阻且长：艰险而遥远。

④浮云蔽白日：以浮云喻邪，以白日喻正，想象着游子在外被人所惑。蔽：遮掩。

⑤不顾反：不想着回家。

⑥弃捐勿复道：什么都撇开不必再说了。捐，弃。

任何事的结局总是想象比现实美丽，相逢如是，离别亦如是。元人陈绎曾作《诗谱》，对《行行重行行》的评价是“情真、景真、事真、意真”，一切都是真，唯有结局不能美好。这本是一首东汉末年动荡岁月里的相思乱离歌，丈夫离家远去并长久不归，妻子深情而凄苦地怀念伊人，娓娓地道着思夫情，读来确觉真挚，却不懂背后的咫尺天涯。

行又行，总是向远处行去，你我本是活着的夫妻却需要长久的别离。我居此一方，你在那天际，相隔相离千万里。路途艰险又遥远，不知何年何月才能再见？北马南去仍依恋北风，南鸟飞北还筑巢在南枝，你我分离的时间越来越久，衣带渐宽人越来越瘦。浮云悠悠遮住白日，他乡的游子难道不生归思。无法诉完太多的想念，只叮嘱你保重身体莫受饥寒。

“衣带渐宽终不悔，为伊消得人憔悴”，正是这种心灵创痛的感人呼唤，越过了千百年，得到了深深的同情和惋惜。

这首汉乐府很有特色，开篇连叠四个“行”字，仅以一个“重”字连接递进，在古诗中实属罕见。“行行”已是走了又走，却用“重行行”再渲染远离。仔细品读，这句还兼有时间久远的意味。有人评说这句“复沓的声调，迟缓的节奏，疲惫的步伐，给人以沉重的压抑感，痛苦伤感的氛围立即笼罩全诗”，也正是这一句往往让读诵者一见即深印心中，经久不忘。“胡马依北风，越鸟巢南枝”，北方胡地的马南来以后，仍然对北风依恋着，南方越地的鸟飞到北地，筑巢时仍然选择南向的树枝。这两句不但对仗工稳，把握事物准确，且托物寓意，譬喻极为贴切：鸟兽尚且眷恋故土，何况是人？难道丈夫就不思念故乡吗？

因为有相爱，所以有伤害。故而才有这样的诗句："但曾相见便相知，相见何如不见时。安得与君相诀绝，免教生死作相思。"明明知晓生前死后身边人来去匆匆，却宁可弱水三千只取一瓢，管叫相思缠身，不舍不离。不过，诗中的夫却是不同的，如果没有当世的离乱，这对鸳鸯料想也会于乡野自由戏水。因此，有时伤害一段感情的罪魁祸首可能是一个时代。

漫漫无尽的长路

汉民歌《古诗十九首·涉江采芙蓉》

涉江采芙蓉①，兰泽②多芳草。
采之欲遗③谁，所思在远道。
还顾望旧乡，长路漫浩浩④。
同心⑤而离居，忧伤以终老⑥。

【注释】

①芙蓉：荷花的别名。

②兰泽：生有兰草的沼泽地。

③遗：赠。

④漫浩浩：犹"漫漫浩浩"，形容路途遥远无尽头。

⑤同心：古代习用的成语，多用于男女之间的爱情或夫妇感情融洽。

⑥终老：度过晚年直至去世。

暖风融融，丽日高照，一条流水经过的湖泽，宽大的荷叶密密实实把整个水面都遮蔽了，好应“接天莲叶无穷碧，映日荷花别样红”的景致。杨万里的好诗只那么几首，写荷算是一绝了。一朵朵的荷花盛开着，在花叶的隙间几只小舟出没，一群女子正进行着一年中最快乐的采莲活动。

她们兴高采烈的面庞及得上荷花娇艳，一边采莲子，一边折几枝荷花嬉闹。一些少妇说话口无遮拦，正调笑着几名少女，问她们采荷是不是回去送给心上人，实则少妇们是自己采荷回去准备送给夫君，再问：“花美还是妾美？”

自然在夏秋交季的馈赠不仅是荷塘里的一切，还有岸芷汀兰、幽幽芳草，早吸引了女子们的目光。她们分别采了不少异花香草放入篮中，并捡好看的插上发髻，彼此取笑说闹，阵阵戏谑响彻整个湖泽。

就是这般欢乐的情景，却并未感染其中一人。同伴们采摘兰花打扮自己，要把荷花赠心上人，她虽然也随着采了又采，几乎盈筐，可是这些花儿草儿在她手中并没有可托之人，打扮也没可赏之人，因为她的思人远游在外，天南地北不能见，思情忍不住袭上心头。同伴们见到的是她满面戚容，听到的是一声长长的叹息。她的思绪越过高山大河，穿过草原林莽，甚至要伸向丈夫身边，想象着他此时一定也带着忧伤回望故乡的方向，见不到自家的居舍，也见不到湖泽中采莲的自己，所能见的无非是漫漫无尽的长路和遮掩千山万水的浩渺烟云。

“同心而离居，忧伤以终老！”淡淡的一句寄语，既是女子的心声，也是游外丈夫的心声，亦是天地间不曾老去的离怨。

周紫芝在《鹧鸪天》中写道："梧桐叶上三更雨，叶叶声声是别离。"若把梧桐换成荷叶，把细雨化成思妇的泪珠，叶叶声声道的岂止是别离。

凄苦诉说不完

三国·魏·曹丕《燕歌行》

秋风萧瑟天气凉，草木摇落[1]露为霜，群燕辞归雁南翔。
念君客游思断肠，慊慊[2]思归恋故乡，君何淹留寄他方？
贱妾茕茕[3]守空房，忧来思君不敢忘，不觉泪下沾衣裳。
援琴鸣弦发清商[4]，短歌微吟不能长。
明月皎皎照我床，星汉西流夜未央[5]。
牵牛织女遥相望，尔独何辜限河梁[6]？

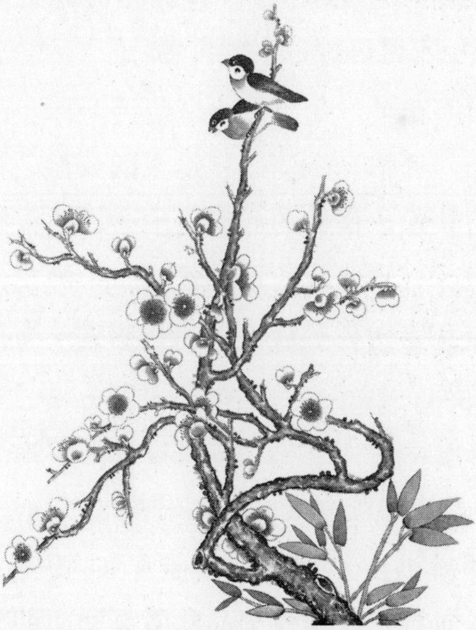

【注释】

①摇落：凋残。

②慊慊：空虚之感。

③茕茕：孤独无依的样子。

④援：执，持。清商：乐名。清商音节短促，所以下句说“短歌微吟不能长”。

⑤夜未央：夜已深而未尽的时候。

⑥河梁：河上的桥。

秋风萧瑟，草木零落，白露凝霜，候鸟南飞……一切都被深秋的肃杀笼罩着。女子的脸色一如天色般冷凝，孤寂而又深情地对着远方低喃：“念君客游思断肠，慊慊思归恋故乡，君何淹留寄他方？”你离家已久，思念让我柔肠寸断，想来你每天也在伤心地思乡吧，可又是什么原因使你长久滞留在外呢？是战事紧急还是修筑繁忙？是受了伤还是生了病？一时间，她不愿再想也不敢再想。

孤寂女子的背影，是思君不敢忘的写照，圈圈点点的湿痕落在衣襟上，哪怕一个侧影，给人的依然是神伤的感觉。在秋风秋月的秋晚，怅惘的心绪用一个“愁”字怎能了得？她取过瑶琴想弹一支凄凉的清商曲，口中吟出的却是急促哀怨的短调。寂寞忧伤到了极点，即使想弹一支抒发悲情的曲调，也无以成音。

张爱玲说过，喜欢一个人，会卑微到尘埃里，然后开出花来。这里所开出的花，是不是泪花呢？

凄苦地怀思远人，抬头仰望夜空，见银河转向西天方知夜已很深。面对索然的夜空品味着离别的苦痛，作为一个弱女子，她又有什么办法能改变这些？在期许上天赐予希望时，她仰视的双眼忽然落在银河两岸的牛郎和织女上，想着两人与她同病相怜，人生到底遭遇了多少罪责才会受到这样的惩罚。

《燕歌行》的哀伤让人无法联想它是出自魏文帝曹丕之手，他是政治家，是帝王，从字里行间却看不到慷慨激昂、风发意气，反而是诉说不完的凄苦。明代钟惺说他的诗“婉娈细秀，有公子气，有文人气”，清代陈祚明说他的诗“如西子捧心，俯首不言，而回眸动盼无非可怜之绪”。

男子笔下的悱恻缠绵，原来这般深沉。诗句笔致委婉，语言清丽，千回百转的惆怅令不少大家赞叹。清代吴淇评价其“风调极其苍凉，百十二字，首尾一笔不断，中间却具千曲百折，真杰构也”；王夫之的评价更高，“倾情倾度，倾色倾声，古今无两”。竟得古今无二的美名，可见诗情的别致。在古辞中本无《燕歌行》一体，可能由曹丕始创；这首诗是叠韵歌行之祖，对后世七言歌行诗的创作影响深远。

望穿秋水，难知归期

南朝·陈·徐陵《长相思（二首）》

长相思，望归难。传闻奉诏戍皋兰[①]。
龙城远，雁门寒[②]。愁来瘦转剧，衣带自然宽。
念君今不见，谁为抱腰看。

长相思，好春节。梦里恒啼[③]悲不泄。
帐中起，窗前咽。柳絮飞还聚，游丝断复结。
欲见洛阳花，如君陇头[④]雪。

【注释】

①皋兰：在今甘肃省境内，古丝路重镇，陇西要冲。

②龙城：又称龙庭，在今蒙古人民共和国鄂尔浑河境内，为汉代匈奴大会祭祀之所。雁门：雁门关，位于山西代县。

③恒啼：长时间啼哭。

④陇头：陇山，借指边塞。

长相思，思长安。李白笔下的《长相思》令很多人无法忘记这段来自南朝的古曲，诸如白居易、晏几道、李煜、欧阳修、纳兰性德这些惯写好诗好词的文坛巨匠都曾在“长相思”的曲目上一争长短。

可是，躲在光鲜背后的仍旧是段悲伤的往事，长相思，思的是那不归人。

汉朝末年北方边塞战事频发，需要征集大量军兵参与战争和常备守边，因而无数百姓遭受生死离别，作者徐陵笔下的女子也是不幸的一分子，丈夫应征入伍去了边防，她望穿秋水，难知郎君的归期。但听传闻说丈夫所在的队伍近来又奉皇命去皋兰山戍边。一旦换防，回家更加遥遥无期，这一消息对家中妻子来说不啻噩耗，令她万分沮丧。

龙城极远，雁门极寒。龙城在塞外的鄂尔浑河流域，那里的气候极冷，路途也极远；雁门关地域荒凉凄冷，对戍卒来说也是苦寒。想来边关哪一处不是凶险之地，新近得知丈夫又去皋兰的消息，旧愁之上又添新愁，使她急剧消瘦，之前适身的衣带都变得宽松许多。想起以往夫妻恩爱的日子心中更加酸楚，不禁凄呼："念君今不见，谁为抱腰看！"夫君在家时经常拥搂着自己的腰检验是丰满了还是消瘦了，如今伊人不在身旁，谁还能够如此体察关心她的变化呢？思及此，更是泪如雨下。

漫长的冬日过去了，家乡的大地换上了春装，女子白日里或许由春意感染缓解了愁情，可是夜里睡觉时竟悲啼不止，是梦见丈夫归来，喜极而泣？还是梦中她去了边关，劝

丈夫尽快归来？又或是梦见丈夫战死在沙场，因而悲痛地长哭不止。

惊梦醒来，一边哭着一边瞧着窗外朝霞中垂杨细柳和飘飞的柳絮随风舞摆，睹物思人，顿觉柳絮和柳丝随风飞散还有重聚的机会，而自己的命运还不如飘荡的游丝，实为可悲。此时春日，洛阳的牡丹花即将开放，花中之王在思妇的眼里恍惚化作了陇头的皑皑白雪，念及丈夫仍在那寒冷之地受苦，思念再重重。

这两首《长相思》内容相衔接，近似后代词的上阕和下阕，放在一起，情致叠加，韵味十足，道出了感情就是一场又一场的相遇和别离，是一次又一次的遗忘和开始，一旦扯上儿女情长，就有说不完的地老天荒，哪怕相隔万水千山，依然心照不宣。

天天思念，夜夜伤情

北朝·齐·邢邵《思公子》

绮罗日减带[①]，桃李无颜色。

思君君未归，归来岂相识。

【注释】

①日减带：衣带日渐宽。

“昨夜西风凋碧树，独上高楼，望尽天涯路。欲寄彩笺兼尺素，山长水阔知何处。”晏殊自是懂柔情之人，写相思好像写公文，情趣倒半分不曾清减。古来讲爱情，情也悠悠，恨也悠悠，思妇“绮罗日减带”都因从来相思苦。

诗中的她是位艳如桃李千姿媚的少妇，少女时代曾被夸赞“沉鱼落雁、闭月羞花”，因而对自己的美貌一向自诩并自爱；嫁的郎君也是玉树临风，百里挑一；夫家生活则是庭院楼阁，珍馐绮罗。夫妻间恩恩爱爱如胶似漆生活了几年，越觉柔情蜜意不可分离时，天却越不遂人愿，丈夫突然去了远方且久久不归，少妇独守空闺又如何能安宁。

丈夫走后，她天天思念，夜夜伤情，寝食不安，坐卧不宁，日久之后明显消瘦，原本合适的束带已不随身。虽然穿的是绫罗绸缎，但日渐瘦弱的身体越来越承受不住这好看的衣服，只好一点点地剪去重缝以便适体，原本玲珑浮凸的身子穿着剪瘦的衣服不再是婀娜多姿。以往是顾影自怜，如今是顾影自伤。

多日不曾照镜子的她突然揽镜自照，不但身姿变形，脸竟也憔悴不堪。原有桃李般鲜艳的容颜因忧思不解，如花似玉的青春也少了光泽，褪了颜色。瞧着镜中的自己，几乎认不出了，她悟到了春光会远去，青春不可留，丈夫离别已漫长，何以还能留住花容玉貌？

久久观望镜中的那人，忍不住痴痴地说：这还是以往那个被人赞羡的绝丽女子吗？她忍不住呼唤夫郎：岁月匆匆，这样苦苦地思念你，你也不回家，等到异日你真的回来了，还能再从眼前这一片凋零里辨识起我昔日的美丽吗？

《韩非子·说难》有“色衰而爱弛”之言，这诗中的女子怕也想到了这一点，在那个男权时代，女子是俯仰依人、无法自立的弱者，虽是闭月羞花之貌也要顾虑色衰后被遗弃的威胁。

有句话说的不假：我们以为爱得很深、很深，来日岁月，会让你知道它不过很浅、很浅。假若情感经不住时光的考量，仅仅是以容貌来作为量尺，还不如不曾相逢。

果然，爱是伤人的

南朝民歌《攀杨枝》

自从别君来，不复著绫罗。
画眉不注口①，施朱②当奈何。

【注释】

①注口：点口红。“注”在这里是“点”的意思。

②施朱：涂抹淡红色的面粉。

好像女人天生就比男人更注重外表，所以穿红戴绿、描眉画唇、涂脂抹粉、梳髻簪花诸多饰美法差不多都是用来形容女人，有道是“妆罢低声问夫婿，画眉深浅入时无？”女子问郎君自己打扮漂亮否，邀宠的姿态纤毫毕露，若是哪天有男子如此这般发问，才让人感到肉麻。

在这首诗中，能够感觉到女子对情人的感情甚深，她极尽修饰只为了让情人更爱恋自己，心中装满的也是对恋人的浓浓爱意。女为悦己者容，从来万般修饰纯为伊人的到来，尝过柔肠百转的滋味，尝过情意深深的销魂，她的所有美的一面，包括对自己妆容越来越高的要求，全是为了情郎。可惜自打情人离开以后，她还有什么心情穿绫罗绸缎，打扮起来又给谁看？

从前“画眉”“注口”“施朱”是每天晨起精心做的事情，眉要描成柳叶状，鬓角要梳理得美感，口红要涂得撩人，面粉要搽得如云，哪怕出现一点儿瑕疵也不放过。如今却毫无心情整理脸容，描完了眉却忘了点唇膏。果然，爱是伤人的。

宋人万俟咏有首雅词《诉衷情》：“山不尽，水无涯，望中赊。”山遥遥无尽，水汩汩无边，山长水远望不到头，相思也如此。爱人不见了，再美的容颜依然会被无涯的山水和无涯的归期消磨到老。

《诗经·伯兮》中说：“自伯之东，首如飞蓬。岂无膏沐，谁适为容？”春秋时代的可怜女人自从爱人去了东方便不再修饰，弄得头发乱蓬如蒿，她不是没有香油香膏，只不知此后要为谁妆容。《攀杨枝》的女子也借《伯兮》作比，为自己惆怅，可怜自己尚不如春秋时的那位女子。时时不忘已经远去的人，她的心被苦苦思念完全占据。尽管全无修饰打扮，但那份刻骨铭心的感情，忠贞不渝的爱情，足以使她美丽动人。

罗兰说：“如果你爱一个人，先要使自己现在或将来百分之百的值得他爱，至于他爱不爱你，那是他的事，你可以如此希望，但不必勉强去追求。”与这首小诗里的傻傻的女子甚是契合。为了爱而失去自我，有时看起来蠢得很，却让人不得不动容。

爱有时很自私

南朝民歌《子夜歌·我念欢的的》

我念欢的的[①]，子行由豫[②]情。
雾露隐芙蓉，见莲不分明。

【注释】

①欢的的：形容十分欢喜。

②由豫：犹豫不决。

对的时间遇见对的人，得到的是一生幸福；对的时间遇见错的人，得到的是一段神伤；错的时间遇见错的人，成就的是荒唐往事；错的时间遇见对的人，换来的是回首叹息。

当女子毫无保留地对男子痴心一片，如若对方值得，哪怕一个天上一个人间也值得。但若对方犹豫不定，畏首畏尾，这段感情是否值得保留，便需要商榷了。此首诗中的女人将自己的感情倾尽给男子，换来的则是对方行为、情绪的犹豫不定，她忍不住问：难道这是男人的共性吗？因爱情没有得到对等的回报，她只能满腔怨愤。不过由于太难割舍，早已深陷其中，她又怕自己的激愤责备反会把他推得更远。

女人心，海底针，心中的千千结，换了外人是说不明白的。

女子心思烦乱，陷入了极端矛盾中，眼前的事物也分明化作了她和对方。她以裹在莲塘上的雾来比喻胸怀宽阔的男子，把自己比作莲花。想象他到底爱不爱她这朵莲花吗？跟着又把男子想做无形有影的雾，因他总是给自己不确的答复和态度，像雾一样难以琢磨。他的心则像雾裹着的莲实，烟笼雾锁中不分明。

她嗔怪男子态度不明，这种或喜或悲、患得患失的感觉恰是诗中要传达的情意，同时也可以看出，女子对爱情的热烈和忠贞，唯盼求得心安。

泰戈尔说过，若爱一个人，就让你的爱像阳光一样包围着他（她），并给对方自由。若女人有此等胸怀，便不惧情殇了。爱有时伟大，有时又很自私，但若在不伤害别人的前提之下求得忠烈的爱情，未尝不可。

让人如何不想他

南朝民歌《子夜歌·夜长不得眠》

夜长不得眠，明月何灼灼①。

想闻散唤声，虚应空中诺②。

【注释】

①灼灼：耀眼，光亮。

②虚应空中诺：对空中虚无召唤的下意识应诺。

南朝民歌盛行于南北朝时期，首写的两种感情便是极浪漫的爱与极悲伤的情。写浪漫的爱时，极少有伦理因素的考虑，什么“非礼勿视，非礼勿听”统统抛诸脑后，好一顿柔情蜜意，男女间私相爱慕、冒犯世俗道德的偷情或是萍水相逢的示爱，全敢一并写出来，但也从侧面写出人对爱情的单纯、热烈、天真而痴情的追求，充满了幸福的味道。

“夜长不得眠”，这首《子夜歌》写的就是位“不害臊”的少女，午夜辗转反侧无法成眠，其实是在想一个男人，一个暗恋的人。睁开眼他在面前，闭上眼他还在面前，让人如何能睡着。常言道，“欢愉嫌夜短，寂寞恨更长”，她在空室中熬的是相思苦，度的是暗夜长，寂寞痛苦无法得以消解。此时她的意识里只有“思念”二字，思念得心都几乎滴出血。

月光从窗子爬进来，少女默默地凝视着这枚大大的月亮，灼灼皎洁安静的明月应是给人以安慰，然而它并没有减去少女的忧思，反倒让她更加伤怀。圆月本是亲人团聚的象征，“美人迈兮音尘阙，隔千里兮共明月”“但愿人长久，千里共婵娟”，抒写的都是借千里月光寄托对人的思念。少女目视窗外的明月，想着所爱的人也该同戴月光，该也是同时在想念自己，思绪便飞向了远方。

联翩的浮想，她好像见了另一个视界——思念的人踏着月光从遥远的地方向她走来，慢慢进入到不知是梦境还是幻境的地界，她也茫然发呆神魂出窍，好像要与他牵手。忽然“闻散唤声”，朦胧中她听到有人断断续续地呼唤自己的名字，声音散乱幽眇，但她听出那是情人的招呼声，顿时兴奋万分，情不自禁回应。可是一醒来发觉哪有人在呼唤，还是万籁俱寂的夜，还是皎洁的月光。望着月亮她又幻想那圆圆的“脸”生出了眉眼和嘴巴，弯弯得似在笑她的痴情。

说这首诗像一篇小小的日记抑或情书，也是合适的，满是少女怀春的心思，读来让人会心一笑。后两句“想闻散唤声，虚应空中诺”奇思妙构，把一个少女对男人的痴恋描绘得深邃入骨，短短十字胜过千言万语，活灵活现，意味盎然。

同样的秋凉，同样的愁肠

南朝民歌《子夜四时歌·秋夜入窗里》

秋夜入窗里，罗帐[1]起飘飏。

仰头看明月，寄情千里光。

【注释】

①罗帐：闺房中卧榻前挂着的绸缎幔帐，这里应是指窗帘。

秋天悄然而至，秋夜伴着月光洒进窗棂，秋风带着惆怅进了每个人的心门。伤春悲秋是个不朽的话题，每逢秋节倍思亲，无论是离人游子，还是乡里的亲眷，就连文人雅士亦多在秋风秋雨中咏唱自己的愁怀。“自古逢秋悲寂寥”，抛开刘禹锡在《秋词》中表露的喜秋意味，他的这句逢秋寂寥却是没说错的。

秋风在秋夜里撩开了独宿女子闺房的帘幕，增添了凉意，撩出人的愁情。窗帘与罗帐随风共舞，扰乱了闺房的秩序，同样扰乱了闺中人的心。秋夜这样不晓事，越是惆怅的人，越是给添烦愁事。飒飒秋风将独守空闺的思妇床帏吹得飘起来，寒凉的秋月把秋霜一样的光洒满床前，怎能不唤起她凄凉哀怨的情怀？

抬头看向明月，月光也仿佛由秋风吹进来，有意勾引人思妇的念想。仰望冷意濯然的月亮，想象着千里之外的丈夫也该是在仰头看月，思念家中的妻子，她的心中充满了无奈和忧伤。于此，让人仿佛见到了一个窗前月影下女子仰头望月的形象，由窗外可以看到这名思妇惆怅万端的剪影，饱含着深沉幽怨意蕴。诗的后半部短短两句十个字，便把思妇的行为举止和心理活动描绘得清晰而又生动。

题目是一曲秋歌，内容也以凉秋为主要描述对象，全篇无一句写人的泪眼和叹息，却把女主人公的感情与秋风、明月等自然景物融汇在一起，勾画了一幅悲凉的画面，表现了思妇无尽的愁情，产生了很强的艺术感染力，实为情景交融的佳作。

后来再读李白，“床前明月光，疑是地上霜，举头望明月，低头思故乡”，应当就是借用了这首《子夜歌》的思乡曲。

同样的秋凉，同样的愁肠，人间愁情也是相似。

卷三　天不老，情难绝

千千结中是情网，网住的是千百年来矢志不渝的痴男怨女，为爱情发下天崩地裂的毒誓。

那个凄婉悲怆的故事
汉民歌《公无渡河》

公无[1]渡河，公竟渡河。

堕河而死，将奈公何！

【注释】

①公：犹说，老夫君、老头子。无：不要。

“十六年后，在此相会，夫妻情深，勿失信约。”这句话已镌刻在绝大多数人的心中，杨过与小龙女的情深义重被各类笔者嚼烂，却没有人否认他们为爱情而殉情的勇气。“殉情”这一词汇从生来开始即带逝去，仿佛印证它的凉薄，《梁山伯与祝英台》《帝女花》，西方的《罗密欧与朱丽叶》，全成了它的牺牲品。中国古代最早广为流传的少数民族关于殉情的故事就是这段“公无渡河”。

据《古今注》记载：一天早晨，朝鲜看守渡口的军卒霍里子高去撑船摆渡，望见一个披散白发的疯癫人提着葫芦向滔滔的河水奔走。眼看那人要冲进前面的急流之中，那人的妻子追在后面急急呼喊着不让他渡河，却已经追赶不及，疯癫人终究掉进滚滚河水淹死了，他的妻子操起了箜篌，一边弹一边唱：“公无渡河，公竟渡河！堕河而死，将奈公何！”弹唱的声音极其凄怆，曲罢歌终之后，妻子纵身投进急流中殉丈夫而去。

子高回到家中把这件感人的事和歌向妻子丽玉做了描绘，丽玉悲伤至极，按照丈夫的描述把词曲写下来，并弹拨箜篌唱起了《公无渡河》歌，凡听到歌声的人没有不落泪吞声。后来丽玉又把这个曲子传给邻居家女儿丽容，曲子的名字叫《箜篌引》，永远载下那段回忆。

《箜篌引》是现存朝鲜古代诗歌中首个汉译诗，最早在东汉蔡邕的《琴操》里见到，后在荀勖的《太乐歌词》、孔衍的《琴操》中都有记载。虽短短十六字，前两句尚且重复，但词句里蕴含的老妻烈烈真情及那个凄婉悲怆的故事着实令人感佩。

李白、陆游、杨维桢等许多文人皆曾用《公无渡河》为题作诗词哀悼这对夫妻。唐人李咸用的诗更别有况味："有叟有叟何清狂，行搔短发提壶浆。乱流直涉神洋洋，妻止不听追沈湘。偕老不偕死，箜篌遗凄凉。刳松轻稳琅玕长，连呼急榜庸何妨。见溺不援能语狼，忍听丽玉传悲伤。"即便今天聆听这几句，眼前仍是会模糊地出现一位白发老妇一边踉跄奔跑一边嘶哑怆呼。有了矢志不渝，人间才有"身无彩凤双飞翼，心有灵犀一点通"的美好。

深爱无以复加

汉民歌《上邪》

上邪①！我欲与君相知，长命②无绝衰。

山无陵，江水为竭，冬雷震震夏雨雪，天地合，乃敢与君绝！

【注释】

①上邪：天啊。上，指天。邪，同耶，语气助词，表示感叹。

②命：使。

每次听到别人的离合悲欢，总是忍不住叹惋，如花美眷不过是字里行间的灿烂，并非开到荼蘼的决绝，让人如何相信一生不变的誓言。可是所有关于“爱有多深，心有多痛”的落寞之语，在《上邪》的跟前都显得无力。明人胡应麟说：“上邪言情，短章中神品！”言情到了极致，所有的忧伤不过是无病呻吟。

有人愿意相信《上邪》是一首诗，但更多的人相信它是一首唱不完的歌：天哪，我要和你相知相爱，我们的爱情永远不会衰减。连绵的群山陷为平地，东流的江水尽都枯竭，严寒的冬日雷声震震，炎热的酷暑大雪纷纷，天地交合世界混沌，直到所有的事情发生，我才敢放下对你的爱成为永绝！

怎样的深挚之爱，痛恻之爱，痴狂之爱，才能写出如此天崩地裂的文字。主人公呼天为誓，只有这些事情全部发生，自己才能把爱搁置，才能在灵魂的印记里消除刻骨铭心的爱，她设想的情况事事荒谬，件件离奇，实无可能发生，所以在她的心里，深爱无以复加，痛爱至死不渝，断爱绝无可能。

史料中曾记载，汉初长沙王吴芮为庆祝四十岁生日与妻子毛苹泛舟湘江，二人回忆起青年时在家乡瑶里的爱情生活，感触很深。毛苹是位大才女，面对同甘共苦多年的丈夫随口吟咏了这首《上邪》的诗。吴芮听罢心潮澎湃，留言将来夫妻亡故后要葬到家乡瑶里的天台，与父辈祖在一起朝迎旭日东升，暮送夕阳西下。就在这一年，夫妇双双无疾而终，成为埋进历史的谜案。不管这一说法是否真实，这首诗成就了深情绝唱，“短章之神品”，对后世影响也很大。

敦煌曲子词中有《菩萨蛮》：“枕前发尽千般愿，要休且待青山烂。水面上秤锤浮，直待黄河彻底干。白日参辰现，北斗回南面，休即未能休，且待三更见日头。”内容和表现手法明显受了《上邪》的启发。

世人如斯爱《上邪》，为的该是“哪怕席卷整个世界，彼此再分不开”的决然与气魄吧。

愿双飞双宿，长相厮守

南朝·梁·卫敬瑜妻王氏《孤燕诗》

昔年无偶去，今春犹独归。

故人恩义重，不忍复双飞。

在人们的记忆深处，双燕比翼齐飞是夫妻和谐的象征，许多人写诗文吟咏双燕，无非是想道出自己此刻的恩爱有多么羡煞旁人，往往忘却了双燕变得形单影只时，孤燕该怎样生存。卫敬瑜妻王氏咏孤燕时，又该有怎样的心痛。

寻迹《南史·孝义传下》，可以找到王氏写这首诗的原因——王氏是南朝梁人，幼读诗书，聪明娟秀，后嫁给了襄阳的卫敬瑜。夫妻情投意合，如胶似漆，曾对着自家庭院屋檐上的一双燕子发誓永生相爱，做燕子那样的比翼鸟。但越缠绵的爱越易生悲，不久卫敬瑜竟一病不起去世了，王氏悲痛万分几乎追随夫君殉情而去，此时她才只十六岁，父母及公婆怜惜她太过年轻不想让她守寡，都劝她再择人改嫁，她坚决不从，最后竟然把耳朵割下来以示矢志不渝，父母和公婆只好任由她守寡。

这年春天，燕子都从南方飞回，王氏发现自家屋檐的巢里只回来一只燕子，知道另一只已遭不测。孤燕发出的叫声显得那样凄惨，她触景生情，想起丈夫死后自己的孤苦无依，不觉泪打湿了衣衫。她对檐上孤单的燕子生出一份亲情，把它看成与自己同病相怜的伙伴。

秋天的时候燕子将要南飞，王氏在那只孤燕的脚上系了一根鲜明的彩丝，盼它明春如期归来。第二年春，那只燕子竟带着彩丝飞回来，仍是不择新偶地苦守孤身。王氏有感于燕子和自己一样苦命和忠贞，含着眼泪吟下这首“昔年无偶去，今春犹独归。故人恩既重，不忍复双飞”。

一只失去配偶的可怜燕子，去年形单影只地从主人家的筑巢飞走了，今年春暖的时候仍然独自飞回。它为什么不寻找新的配偶双宿双飞呢？那是因为顾念旧偶深重的恩义，不愿另择配偶，因而孑然一身。燕子的天性就是对伴侣专一，它们双飞双宿，长相厮守，一旦丧偶，留下那只便永作孤燕。

“便做春江都是泪，流不尽，许多愁”，以此来说王氏恰到好处，十年生死，所有流殇往事，化作不尽的逆流。

你心是否如我心

南朝民歌《子夜四时歌·渊冰厚三尺》

渊①冰厚三尺，素雪②覆千里。
我心如松柏，君情复何似？

【注释】

①渊：深潭。

②素雪：白雪。

席慕蓉的《一棵开花的树》如是写道：“如何让你遇见

我，在我最美丽的时刻。为这，我已在佛前求了五百年，求他让我们结一段尘缘。”佛说前生五百次的回眸换来今生的擦肩而过，尘缘得来不易，然而已结下的尘缘要如何经营大概才是最难的吧。

在确定的爱情面前，女人往往沦为弱势群体，这首“渊冰厚三尺”道尽女人誓言为爱坚贞的心意，却不知付出能否得到应有的回报。

三尺清潭玉冰非由一日之寒而成，像女人长久痴恋结下的冰晶一样的贞心；茫茫白雪覆盖千里之远，象征着她迢迢路遥而绝不会改变的洁心。她的心如她的人一样冰清玉洁，纤尘不染，爱恋专一。诗中的女人用“冰冻三尺非一日之寒”来形容自身情比金坚，倒是少有的比喻。用冰心玉魄比喻还嫌不够，她想给深爱的人更直观的爱情誓言，直接告诉他：“我心如松柏。”

《论语》里面说：“岁寒，然后知松柏之后凋也。”松柏是历尽劫难而矢志不渝的高尚人格的象征，热恋中的女子对恋人矢志不渝，唯有松柏才能堪比她对爱情的坚定。她想对他说：松柏经霜是不会凋谢的，风雪中傲然屹立的苍松翠柏，它的坚贞让人钦佩。我对你的爱不仅如冰雪般洁白无瑕，还如松柏一样坚定不移，长青不衰。

表明了这样的心迹，她也盼得到对方的心意，问一问，他待她是不是也能如冰雪一样洁净，如松柏般坚贞？或许她心里尚有一点忐忑，把握不准他的心究竟怎样，所以给他，也给自己留下了问号。许多感情总是“山盟虽在，锦书难托”，女子的这封二十字的“山盟书”不知能否承载两人相守的锦书。

生死不渝，谓为动人

南朝民歌《欢闻变歌·之五》

锲臂饮清血[①]，牛羊持祭天。

没命成灰土，终不罢相怜[②]。

【注释】

①锲臂饮清血：割手臂滴血而饮以盟誓。锲臂，用刀子刻手臂。

②罢：停止。怜：爱。

《淮南子·齐俗》说：“胡人弹骨，越人契臂，中国歃血也，所由各异，其于信一也。”北方胡人置酒于人头骨中互饮盟约，南方越人割臂饮血盟约，中原人饮牲畜血盟约，虽是方式各异，但都是为了宣誓守信。山盟海誓，在哪里都相同。本诗就是一对恋人对即将步入的婚姻进行着极其庄重的盟誓：“锲臂饮清血，牛羊持祭天。”他们依俗宰杀了纯色的牛和羊，放在供桌上向上天献祭，让苍天见证和保佑他们的婚姻。香案的炉里有九炷香在燃烧，祭祀的场面庄严肃穆。

一碗清酒摆在桌上，男人先伸出手臂用刀子切割手腕，鲜血一滴滴落在酒碗里。女人更是神情冷肃地切臂滴血，她的心在战栗着，数滴血象征的是自己对婚姻爱情纯真高尚的情操。怀着对天地的感激首先饮下了半碗和着酒的“清血”，她将酒碗交给她的男人，让他把剩下的一饮而尽。清代珠泉居士《雪鸿小记补遗》写道：“姬向与闵某善，有锲臂盟。”“锲臂”这种盟约是较重的，若是违背，也是丢弃了人格。

这首诗没有以海为誓、以山为盟，不是“山无陵，天地合，乃敢与君绝”的绝语，而是“没命成灰土，终不罢相怜”。即使生命到了尽头，形骸化为尘土，相爱也不会停止。让人听得出是相爱的精神永恒，竟胜过了“生死契阔，与子成说，执子之手，与子偕老”的境界。

古代的女子生活多依附男子，因而她们对待爱情婚姻比男子承担着额外的风险，这首诗以女人的角度叙写婚姻誓约过程，可见女人要比男人更重视婚誓。她的婚誓以饮下对方的鲜血来表示二人融为一体，生死不渝，谓为动人。

北宋词人张先在《千秋岁》中写过：“天不老，情难绝。心似双丝网，中有千千结。”千千结中是情网，网住的是千百年来矢志不渝的痴男怨女，为爱情发下天崩地裂的毒誓。

形单影只何以独活

南朝民歌《华山畿》

华山畿[1]，君既为侬[2]死，独生为谁施[3]？

欢若见怜时，棺木为侬开。

【注释】

①畿：山边，山脚下。

②侬：我，吴地方言。

③施：施用。

《古今乐录》中说《华山畿》是南朝宋少帝时的一个曲子名，还叙写了曲词的由来，那是段动人的故事：

当时南徐地方有一名士家子，因事经过华山要去往云阳。他到华山脚下一家客店时见店家的女儿十分美丽，喜欢得不能自持，又不好跟人家直说，结果得了相思病。回家后在被追问下，他如实告诉了母亲害病的原因。母亲就寻到华山脚下，对那少女说出了儿子的病况。少女脱下围裙嘱咐母亲偷放在他的褥子底下，说这样就可以解去相思。母亲照做后儿子果然病情见好，可是儿子偶然发现了少女的围裙，睹物思人，竟把围裙吞进肚里而死。

儿子死前嘱托母亲下葬前载棺木去华山旁让他再看一眼那少女，当棺车到了少女家门口后，牛就再不肯拉车离开，鞭子抽打它都不动。少女知道了情况，便说：“稍等一会儿。”

她回房沐浴化妆完毕才出来，悲声唱道："华山畿，君既为侬死，独生为谁施？欢若见怜时，棺木为侬开。"她刚唱完，棺木应声而开，少女见之一跃入棺。家人怎样叩打，棺木再无动静，两家只好把二人合葬。世人叹少女的义烈，遂把这坟墓称为"神女冢"。

"你对我钟情，我对你也有情，只因你是世家子门户不当而已，谁想到一面之缘你就用情如此之深。你既然为我而死，便知你对我爱得浓烈而坚贞，我又何惜微躯不死而追去。世上情有千万种，有一种叫生死相随，你以命殉我，我便拿命还你。"这断腕般的爱情让人骇然。

以前日本有一对青年男女，因为爱情不得果，双双投入火山口殉情。未能缠缠绵绵一世，求得轰轰烈烈瞬间永恒。烈爱惊人也悚人。

元好问写《摸鱼儿·雁丘词》，说是道逢捕雁，捕雁者云："今旦获一雁，杀之矣。其脱网者悲鸣不能去，竟自投于地而死。"元好问遂买下大雁的尸体葬于汾水边，号"雁丘"，以祭奠双双殉情的大雁。即有："天南地北双飞客，老翅几回寒暑。欢乐趣，离别苦，就中更有痴儿女。君应有语，渺万里层云，千山暮雪，只影向谁去？"相伴的爱人离去，形单影只何以独活。双雁与《华山畿》中男女，虽为隔世，却成知音。

尽管贪欢，亦得一生所爱

南朝民歌《读曲歌》

打杀长鸣鸡，弹去乌臼鸟[①]。

愿得连冥[②]不复曙，一年都一晓。

【注释】

①乌臼鸟：一种候鸟，天明时比鸡叫得还早。

②冥：黑夜。

近代人在点评南朝乐府时，说其几乎都是情歌，五言四句，语境清新亮丽，抒情委婉含蓄，多以双关比喻。回过头细读这首《读曲歌》，半点含蓄的意味也没有，料想没有比这更直白表达一晌贪欢的语言了。

传说有一只神鸡居住在东南桃都山的大桃树上，太阳刚露头照在树上，天鸡见到就叫一声，于是天下的鸡就都随之鸣叫报晓。但这小诗中的主人公要打杀鸣鸡，个中一定有难言之隐。而乌臼鸟是一种候鸟，春季回到繁殖地会鸣叫着寻找配偶，它们的叫声充满了生机，春温中的女性应该喜欢这些小鸟才是，可是她为什么要用弹弓把它们打飞轰走？是因为这种鸟从不懒惰，天明时比鸡叫得还早吗？原来她是不希望雄鸡和乌臼鸟按时报晓，愿黑夜接二连三地继续黑下去，一年总共天亮一次才好。她盼着永远是黑夜，甚至让时间就停留在与情人欢娱这一刻。

世上不是乌啼、鸡鸣天才亮，而是天将亮才乌啼、鸡鸣，她深陷在和恋人的情爱中，由情痴而出现失智，产生愠怒，把恨欢愉时间短的怨气投注到了禽鸟的身上。

“欢娱恨短”是人之常情，感情到了极处，谁都会有这样的臆想。喜极而痴，忘乎所以，语无伦次，她或许就是那种至情至性之人，也正因这样，她才拥有独特的魅力。

“帘外雨潺潺，春意阑珊，罗衾不耐五更寒。梦里不知身是客，一晌贪欢。”亡国之人犹记得当年在故国的无忧生活，却不知梦中身是客，现实由不得选择。但愿《读曲歌》的少女非“梦客”一场，尽管贪欢，亦得一生所爱。

等待爱人的采撷

南朝民歌《青阳渡》

青荷盖绿水，芙蓉披红鲜。
下有并根藕，上有并头莲。

曹植笔下的洛神其形“翩若惊鸿，婉若游龙，荣曜秋菊，华茂春松。髣髴兮若轻云之蔽月，飘飖兮若流风之回雪”。此番惊世绝艳只在梦中能见，既为神女，自不落凡俗，所以曹植才求不得。仙人之姿，正是“御宇多年求不得”，还不如人间少女，至少看得见摸得到，真实娇俏。这首《青阳渡》看似写荷，其实却隐含着一位怀春少女，人比花娇。

青青的荷叶覆盖着根下的澹澹绿水，红艳艳的荷花亮色夺目，暖风吹来，花与叶摇曳生姿，清露结成的水珠如珍珠纷纷滚落，使得一池妖娆更加灵动。在红绿接天的熙攘中一张胜过花美的面庞从中出现，看得连花儿都呆了。拨着荷叶的少女脚踏小船，莲藕似的手臂轻轻划动着双桨，悠然地穿越密聚的叶丛，她的罗裙也是绿色的，几乎与荷叶一色裁下来，荷花朵朵抢着在她的两边开放，似要掩去少女的容色，却难胜青春嘉年，夺不走她的大好芳华。

两支并蒂莲花迎面而来，少女一见怦然心动，似看到了自己与心爱的人并肩而坐的样子。有人说，遇见并蒂花，爱情就会美满，这并头莲下的根藕也一定是相连的吧。

相信爱情的真谛，于是人间有了“在天愿为比翼鸟，在地愿为连理枝”的愿望。少女说出的不是海誓山盟的爱情宣言，但她对爱情的深信不疑，难有人逾越。此处借用席慕蓉写莲的诗句：“我，是一朵盛开的夏荷，多希望，你能看见现在的我。风霜还不曾来侵蚀，秋雨还未滴落。青涩的季节又已离我远去，我已亭亭，不忧，亦不惧。现在，正是，最美丽的时刻。”

在最美的时刻等待爱人的采撷，是每个女子埋藏在心头的热望。你若懂得，便不要来得太早，或太迟。

双眼看顾着爱人
南朝民歌《三洲歌（二首）》

送欢板桥弯，相待三山头。
遥见千幅帆，知是逐风流。

风流不暂停，三山隐行舟。
愿作比目鱼，随欢千里游。

《旧唐书·音乐志》里说，流传下来的《三洲歌》是南朝商客在巴陵和三江口之间往还的生活中作的情歌，但这两首诗的内容和口吻不像宦游的商客，无疑是出自女子，更像行商的妻子或情人所唱的歌。

商人重利轻别离，金钱的诱惑有时远胜于爱人的情。面对远行的爱人，送行和待归便成了商女们经常面对的伤心事，“板桥弯”则成了送别的代名词。南宋《建康志》记载，板桥在建康城南三十里，送行一直送到那么远，足见她对爱人的恋恋不舍。反过来迎接的地方是“相待三山头”。三山在建康城西南的长江南岸，商女在那里登山望远，翘首以待爱人归来，犹如望夫山上盼郎回，盼望之情切可知。

“送别”和“相待”地点都在城外数十里，可见行商离开的时间必是很长才如此接送；商女平日也定是孤寂难熬，才对远行的人如此依恋和企盼。也由此，使得她们平素经常守在江边看无数商船来来往往，却不见那个思念的人。一边想着爱人是为了家计顺风随流远去逐利；一边也隐隐疑惑他是否去追逐风流韵事而不愿回家。

这两首诗的灵魂人物经常在三山头等待，直到所有商船都隐进山的暗影里，仍不见爱人出现，她因深爱着他而产生生怕他有外遇的纠结，折磨得她寝食难安思虑重重，最终甚至设想自己像比目鱼一样双眼看顾着爱人，追随他远行千里再不分离，还决心等他回来后再次外出时，一定要与他同行以摆脱离别的苦。

两首诗的内容浑然一体，放在一起去理解才显得合适，才能完整地表达商女生活的孤清和对爱人的深厚感情。

时光斗转，白居易写下《琵琶行》时，不知是否因看到《三洲歌》才有感想，过去的人不懂商女的悲伤，留下白氏这位知音人，在两百多年以后道出商女的心声。可能《三洲歌》中的商女与白氏笔下的商女身份不同，然而遭遇又何尝不同呢？

只为与你相聚一欢

南朝民歌《杨叛儿》

欢欲见莲时，移湖安屋里。

芙蓉绕床生，眠卧抱莲子。

细看这首小诗里的双关和夸张，才知道它是一首香艳的情歌。“欢”是对情人的爱称；“莲”和“怜”同音，寓意为被爱的女人；莲的别名“芙蓉”，与“夫容”谐音，寓意自然是丈夫、男人；“莲子”与“怜子”谐音，“子”的古意可为“你”，“怜子”即是“喜爱的你”。由此下来，吟诗便如同说：“亲爱的人，如果你急迫地想我了，请你把湖塘移来我的房间，荷花朵朵绕床开放，你抱着喜爱的我躺在床上，莫怕花儿围观，它们为我们的爱添欢。”

南朝民歌中有相当数量的采莲诗，都是爱情诗，其中有的大胆香艳，令人咂舌。有一首《子夜歌·夏歌》：“朝登凉台上，夕宿兰池里。乘月采芙蓉，夜夜得莲子。”一路解下来：“在月色下抚摸着你的脸，夜夜都和你温存。”个中的情色意味，连孔子都要大呼“非礼勿视”。

《旧唐书》上说，南朝萧齐隆昌年间，女巫的儿子杨旻从小随母在宫中生活，守寡的何太后看着他越长大越好看，禁不住与他偷情。后来纸包不住火，太后终于失去了杨旻，痛苦难当。事情传到民间，童谣便戏唱道：“杨婆儿，共戏来所欢！”人们又讹传成了“杨叛儿”，尔后《杨叛儿》演变为西曲歌的乐曲之一，差不多专门来歌唱爱情，可见人们对宫闱里艳史很是青睐。本诗里偷欢的男女未必是世俗所不允许的，不过私下里的激情拿出来说，香艳自不可少。

撇开诗中艳事不谈，假如上天许人来世上一遭，只为与你相聚一次，只为了亿万光年里的一刹那尝遍所有的甜蜜和悲凄，即便是偷情也可以，那么就让一切该发生的发生，不辜负来之不易的良辰美景。

自古红颜多薄命

南朝民歌《苏小小歌》

我乘油壁车[①]，郎骑青骢马[②]？
何处结同心，西陵松柏下。

【注释】

①我：一作妾。油壁车：古人乘坐的一种车壁用油涂饰的车子。

②青骢马：青白杂色的马。

可以跨越千年的美丽，在时光的淬炼下如同美玉一般沉淀下来。数千年惊才绝艳的女子就是这样将自己镌刻在尘世，写下一段段有关伊人的往事。这首为南齐才女苏小小写的歌，是她的爱情。

“我乘油壁车，郎骑青骢马，他们在什么地方定下的爱情盟约？是在城西陵墓的松柏之下。”带着两段爱恨情怨的苏小小长眠在杭州城西的古冢里，时人经过时忍不住叹息，亦忍不住为她问出了当年未曾诉说的恨。

余杭的苏小小玲珑如玉，吟诗如珠，因父母早亡，少女时在西泠桥畔的小楼里以诗会友，成了钱塘一带色艺双全的著名诗妓。一日，她乘坐油壁车赏春惊到了贵家公子阮郁骑的青骢马，两人由此邂逅而一见倾心，从此形影不离。阮父得悉此事用计把儿子骗回金陵，关闭起来。小小整日企盼却不见情人回来，终于病倒了。在一个疏懒的秋日，她在湖滨遇到文武双全的书生鲍仁，模样酷似阮郁，小小爱屋及乌，拿出自己的积蓄赠送鲍仁，鼓励他进京赶考。然而，长久的思念折磨致使小小香消玉殒。小小的丧礼正在举办时，鲍仁忽然来访，原来他已金榜题名并出任滑州刺史，怀着深深情愫匆匆赶来要与她相约白头，却不想生离死别，忍不住抚棺大哭，把她送葬在西泠桥畔，后来还常来为她扫墓。

传说小小死后芳魂不散，常常出没于花丛林间。到宋朝时有个叫司马才仲的书生在洛下梦见一美人掀帘而歌，问起她的名字，对方答是西陵苏小小。几年以后，司马氏再到杭州，听说在西泠桥畔有苏小小墓，才知当年梦到的美人是谁，便找到小小墓进行祭拜。当天夜里他梦见与美人同床共枕，极尽燕好。美人还羞赧地告诉他，自己的思念终于得到了回报。若依这个传说，司马氏该是当年阮郁或鲍仁的转世化身。

“假使如今不是梦，能长于梦几多时。”（白居易《疑梦·其一》）若一切故事的由来都不是梦，那结局为何却如梦般并不现实。苏小小的爱情在没有后世的虚构和幻想之下，终究是个没有答案的悲剧。还是冯梦龙看得透彻，所以才有“自古红颜多薄命”的肺腑之言。

苏小小在历代的影响都不小，“诗鬼”李贺写过一首《苏小小墓》，最为感人：“幽兰露，如啼眼。无物结同心，烟花不堪剪。草如茵，松如盖。风为裳，水为佩。油壁车，久相待。冷翠烛，劳光彩。西陵下，风吹雨。”李贺的诗向来是不想人懂的，可一旦让人懂得，就无法抑制了解的悲伤。

追求刹那的芳华

晋·刘妙容《宛转歌》

月既明，西轩琴复清。寸心斗酒争芳夜，千秋万岁同一情。歌宛转，宛转凄以哀。愿为星与汉，光影共徘徊。

悲且伤，参差泪成行。低红掩翠[①]方无色，金徽玉轸[②]为谁锵。歌宛转，宛转情复悲。愿为烟与雾，氛氲[③]对容姿。

【注释】

①低红掩翠：低首垂眉，举袖掩泪。

②金徽：指琴上系琴弦之绳。玉轸：指琴上的玉制弦柱。二者都借指琴。

③氛氲：指浓郁的烟气或香气，此处双关心绪缭乱。

南朝梁人吴均《续齐谐记》载，刘妙容是晋代吴令刘惠明早逝的女儿。青年王敬伯由水路过吴地停船登亭弹琴赏月，这时一位美丽的妙龄女子来到，说："我很喜欢你弹的曲子，愿和你一起弹琴唱歌。"于是就座抚琴歌唱。相对中两人情意绵绵，拂晓女子转身离去前，彼此赠了信物。船行至虎牢，王敬伯遇到吴令刘惠明，方知自己见到的是对方已逝的女儿。

一段书中的逸事成了《宛转歌》的由来，洋洋洒洒的诗歌也随浮动的纸张流淌在世人的耳畔：

明月在天，夜空旷远，溶溶光影，茫茫暮色，一切是那样的宁静，铮铮的琴音悠悠袅袅连绵不断，回响在整个江畔。女子听到这琴声立即被吸引住，再不想离开，不由自主地脚步向发出琴音的亭子移去，见是一位俊朗青年，心头更如鹿撞。鬼使神差般听到琴音，让她与眼前青年邂逅。既然是天作之合，她便主动出言相约。“金风玉露一相逢，便胜却人间无数，两情若是久长时，又岂在朝朝暮暮？”

然而，毕竟是一夜的偶然，明日将各奔东西，将来再见不可期，女子心痛如割，借琴音和歌声表达自己的爱慕和分离的痛苦。她既唱且弹，歌词大意是：愿这次邂逅的情，你我能记得千秋万岁，愿我们的心如群星投入天河一样永相依偎，如星光月影般互相融合，永远在一起徘徊。歌声如泣如诉，缠绵动人，不绝如缕。

歌罢，女子已是泪水纵横，不好意思地低首垂眉，举袖掩面，且悲且羞。她情意未尽，又唱到：我的歌声怎会如此，是心思哀哀泪成行；我的琴声是奏给谁听，情意宛转复又悲；愿我们的情能和这夜晚的烟雾一样，缭绕一体，容姿相对。她知道氤氲只是虚空中的云气，如幻如梦无可期待，但她憧憬的情可以自由自在，虽然稍纵即逝，却不受任何束缚。

多少人盼望多少事，可以善始善终，然则总有好的开始，最后却怅惘了之。于是有人舍弃了永恒，追求刹那的芳华，即使短暂一夜，同样写好了宛转的情歌。

卷四　但凡是过去，总是最登对

虽然时间可以抚平感情的创伤，可是由于伤口太深，从前种种像发生在昨天，依然历历在目，想要搁浅相思、斩断情伤，实在不容易。

谁先认真，谁就输了

汉·卓文君《白头吟》

皑如山上雪，皎[①]若云间月。闻君有两意[②]，故来相决[③]绝。

今日斗[④]酒会，明旦沟水头。躞蹀[⑤]御沟[⑥]上，沟水东西流。

凄凄复凄凄，嫁娶不须啼。愿得一心人，白头不相离。

竹竿何嫋嫋，鱼尾何簁簁[⑦]。男儿重意气，何用钱刀为。

【注释】

①皑、皎：都是白。

②两意：就是二心，指情变。

③决：别。

④斗：盛酒的器具。

⑤躞蹀：小步行路。

⑥御沟：流经御苑或环绕宫墙的沟。

⑦簁簁（shāi）：鱼甩尾声。古歌谣里钓鱼是男女求偶的象征隐语。这里用隐语表示男女相爱的幸福。

你若安好，便是晴天。这样的话定是出自一位伟大的女子，凡是再自私一点，也说不出口。你若安好，自己不好，如何有晴天，如何才有“愿得一心人，白头不相离”的誓言。相传当年卓文君写下《白头吟》，期待的也不会仅仅是“你若安好”那么简单。

但凡好诗，没有更沁人心脾的故事衬托，总会失色。躲在《白头吟》后面的故事更加值得玩味：

卓文君生活在汉武帝时期，早年丧偶之后，有很多名流在追求她这位美貌与智慧兼具的女子。当时的司马相如很穷，在临邛富豪卓王孙家作客，饮宴中偶然见到卓文君，心生单思之情。听说她新近守寡，喜出望外，遂弹琴表达爱慕之情。卓文君由琴慕人，对他也是一见钟情，当夜两人便幽会并私奔去了成都。过了一段时间由于生计无着，两人只好回到临邛开了个小酒馆，那时文君甚至当垆卖酒。卓父不忍，便分给了女儿足够生活的财产。

后来，司马相如在长安以一篇《上林赋》得到汉武帝的赏识，封了高官。春风得意中他想纳茂陵女子为妾，卓文君不能忍受，便写下这篇《白头吟》，并附书：“春华竞芳，五色凌素，琴尚在御，而新声代故！锦水有鸳，汉宫有木，彼物而新，嗟世之人兮，瞀于淫而不悟！”随之又补写了《诀别书》：“朱弦断，明镜缺，朝露晞，芳时歇，白头吟，伤离别，努力加餐勿念妾，锦水汤汤，与君长诀！”

《白头吟》的辞藻是恬静的，表情却是恳切的：“男女相爱就如山上的白雪一样无瑕，之间的情意应像云间的月亮一样纯洁。听说夫君你已经另有所爱怀了二心，所以为妻的我来和你相见与你诀别。夫妻分手就如中间隔开了水沟，一边一个永远再难牵手。今日在这我们同饮一杯酒，明日便去那环绕宫墙的沟边最后分手；脚步踟蹰慢慢移动沿沟向前走去，你我将如沟中的水从此各奔东西。

“当初为了情我毅然随君而去，不比一般家女儿哭哭啼啼。满以为你的人好你的情专一，可以相爱到白首不分离。男女的情爱该如鱼儿般活泼欢乐，可是诚笃的情该像钓竿和鱼线那样永续柔长；可爱的好男儿应当以感情和恩义为重，失去了真挚的爱再多的钱财也无法补偿。”

哀怨和凄伤的诀别书触动了司马相如的心弦，终于放弃了纳妾，回归故里，与卓文君相守到白头。

王昌龄在《悲哉行》里写道：“勿听《白头吟》，人间易忧怨。”读了《白头吟》的诗句，吟咏的不是华章，而是忧愁。

是不是，邂逅一个人，只需片刻，爱上一个人，往往会是一生。谁先认真，谁就输了。

完美却成了最大的缺陷

汉·班婕妤《怨歌行》

新裂齐纨①素，鲜洁如霜雪。
裁为合欢扇②，团团似明月。
出入君怀袖，动摇微风发。
常恐秋节至，凉飙③夺炎热。
弃捐箧笥④中，恩情中道绝。

【注释】

①齐纨：齐地出产的白细绢。后亦泛指名贵的丝织品。

②合欢扇：团扇，上有对称图案花纹，象征男女欢会之意。

③凉飙：秋风。

④箧笥（qiè sì）：藏物的竹器，多指箱和笼。古时笼和箱子都系竹编成，浅者为箱，深者为笼。

钟嵘在《诗品》品评班婕妤时未现溢美之词，却给予最高的评价："从李都尉迄班婕妤，将百年间，有妇人焉，一人而已。"几百年来，女人只有一个，就是班婕妤。对于汉成帝而言，她不仅仅是枕边的怜物，更是红颜知己。没了知己，班婕妤成了被忘却的记忆，怨歌至此成行了。

新织成的白细绢，洁净鲜艳如霜雪。裁缝制作成合欢扇，圆圆的好像天上的明月。被喜爱地放在怀袖中，摇动起来就扇出凉爽的风。常恐秋天如期到来，凉风驱走炎热的夏日，就会被扔进藏东西的箱笼里，往日被放在怀中的喜爱便中途断绝。

这段行歌的譬喻，是绝望，是看透，是堪破。

班婕妤出身名门，自幼饱学，琴棋书画，诗文歌舞，样样皆精，且美艳无双。成帝初年时她被选入宫，封为婕妤，极受宠幸。那时的皇帝一刻都不想离开她，特造车辇以便同车出游，她还拒绝过："看古代留下的图画，圣贤之君都有名臣在侧；而夏桀、商纣、周幽王才有嬖幸的妃子在旁。"成帝对此很是无奈。她怕损害了成帝的贤名而这样做，这段推却令她成了史上的贤德嫔妃，却也把她推入了深渊。

当赵氏飞燕进汉宫之后，又拉来妹妹赵合德。双姝各展所长，飞燕窈窕秀美，身姿曼妙，翩然若仙，能作掌上舞；合德更是与飞燕风姿迥异，体态丰腴，玉肌滑肤，媚艳至极。得了赵氏姐妹的成帝彻底陷落，原本极其蒙宠的班婕妤逐渐被取代。班婕妤只好写了一篇奏章，自请前往长信宫侍奉太后去了。

她想起未入宫前自己像新织成的白绢，鲜洁美丽；入宫后的自己又多像一个天上明月般美丽的合欢扇。良辰美景未长久，往日恩爱中途断绝，显然，作这首诗时她是怨尤的，她合该后悔的，可是否后悔，没有人知晓。

这是一个近乎完美的女人，横溢的才华，贞静的美德，出色的容貌。然而，完美却成了最大的缺陷，太懂得做所有人期望的女人，却输了最好欺骗的男人。女人如果觉醒太早，形同迷失。

忘不掉的叫记忆

汉·宋子侯《董娇娆》

洛阳城东路，桃李生路傍。花花自相对，叶叶自相当。
春风东北起，花叶正低昂。不知谁家子，提笼行採桑。
纤手折其枝，花落何飘扬①。请谢②彼姝③子，何为见损伤。
高秋八九月，白露变为霜。终年会飘堕，安得久馨香。
秋时自零落，春月复芬芳。何时盛年去，欢爱永相忘。
吾欲竟此曲，此曲愁人肠。归来酌美酒，挟瑟上高堂。

【注释】

①扬：飞扬，飘扬。

②请谢：致歉意。

③姝（shū）：美女。

记忆是一卷流淌着墨香的书卷，藏匿不了往日缱绻的痕迹。在那个时代的宋子侯甚至不曾留在人们的回忆里，但他为董娇娆写下的诗代替他经历了时光的洗礼，存留于世。董氏可能直到香消玉殒的那一刻，都不知道人世间还有人肯为她写诗。

在追溯汉朝的历史时，不少出现在民歌、诗歌中的女子皆是闻名一时的歌姬，后来唐人诗中多用汉歌姬做典，写女人如花，花似梦，不过大抵也承认她们的命其实不如花，早早凋零。宋子侯在看到董娇娆的第一眼，或许已经有了这种觉悟。

洛阳城东的路上，春光里树木青草茂盛，百花竞放，花花相对，叶叶相接，花叶掩映中，蜂蝶飞舞，嬉戏玩闹。他被眼前的景致所迷，却见到一位女子挎着箩筐袅袅婷婷地从他身边走过，手伸向了桃李花枝折起了花，不小心弄得枝残叶败，瓣落纷纷。他一时间分不清美人摧花是现实还是梦境，朦胧中觉得桃李树下幻出一道倩影，难不成是花中仙子？

他凝神细听，只听花中仙子对女子说：“请问这位女子，你为什么来损伤我？”女子回答：“莫怪我的采摘，等到八九月深秋时，霜下了花儿凋了，你怎能永远地芳香！”花中仙子答道：“是啊，秋天的时候花儿自是零落，等到春天再来时，她还会再开放。你们就是如此，在花儿盛开的时候喜欢我们，等到霜落花凋时，就会被如灰土一般抛弃！”

此时，他倏然惊醒，望着前面采撷花朵的女子背影渐渐消失，品味方才花中仙子的话语，不禁恍然：女子如桃李鲜花，在盛开时人人喜爱，一旦青春消逝，便被人厌看，甚至被抛弃。

宋子侯回到家中，想到世道的不平，端起了酒杯，操起了瑶琴弹奏着哀伤的歌，那正是佳人色衰被弃的调子，也是在洛阳城东路上见人折花的感悟。花儿还有来春再艳的时候，女子的命运连花都不及。

诗中的花所喻，大概是他在洛阳看到了董娇娆的情景，且不管他看到了什么，但他终究无法走进董氏的故事，董氏也未能走进他的人生。生命中有很多东西，能忘掉的叫过去，忘不掉的叫记忆，他无法对董氏忘怀，唯有写诗来为这场错遇而哀悼。

独倚高楼，顾影自怜

三国·魏·曹植《七哀诗》

明月照高楼，流光正徘徊。上有愁思妇，悲叹有余哀。
借问叹者谁？言是宕子[①]妻。君行逾十年，孤妾常独栖。
君若清路尘，妾若浊水泥。浮沉各异势，会合何时谐？
愿为西南风，长逝入君怀。君怀良[②]不开，贱妾当何依？

【注释】

①宕子：指离乡外游，久而不归之人。

②良：确实，果然。

古人喜爱登高望远，大抵是没有“流觞曲水”、观“茂林修竹”的赏玩心情，多见的则是游子望乡与闺人念远。这首诗恰写的是后者。

明月悬照，楼高嵬嵬，流光徘徊，她独倚高楼对月顾影自怜，远方夫君在心里和眼前恍惚出现，苦苦的思念让她长长地叹息。高楼独居本没有别人，她多想有一个人可以倾诉。月影迷离，好像有个人在冥冥中发问，“是什么人在楼上长叹？”满腔的愁情怨意正好没处倾泻，她答道：“我就是那个离乡外游长久不归人的妻子。”

这一刻，或许糊涂，或许清醒，但她宁可一切都是梦境，所以把自己的心思一股脑地倾诉：“夫君，你出行已经超过十年，一直以来我就是这样孤孤单单地生活。你就像那路中的清尘自由飘走，我就像那污浊的泥水漫在地上，难道你我真的因隔得遥远不能相会吗？还是你觉得各自所处的位置不同，所以不回来和我相见？”

丈夫的长久离开使她承受了无边的孤独，折磨得她再难忍耐，很想化作一缕西南风，一直飞去远方扑到丈夫的怀抱里。但她又怕丈夫另有所爱，不肯接纳旧人，以致无有所依。

她的所有情绪和顾虑，大概也是作者的心声。无论是诗人还是词人，写闺房闲愁，有时是真的懂得闺中人的辛苦，但大多数时候书写的是自己。曹植自幼聪慧过人，深得曹操喜爱，后者一度想立他为太子。后来因曹植任性而行，不仅失掉父亲的器重，还受到了兄长的顾忌。曹丕自立为帝后对他一直排斥打击，因而有人认为这首诗是借怨妇来倾诉兄长对自己的薄情。但也有人认为曹植生活在动荡的建安年代，眼见社会动乱，无休止的征役造成无数人妻离子散，是为征役别离的妻子而哀叹。

是什么触动了曹植的心弦，今天是摸不清楚了，可是这清新丽雅的诗文句句敲击人的心扉，哀怨可怜的女子形象辗转于诗行间，算是曹植最擅长的诗风了。在那个逐鹿江山、热血沸腾的年代，有他的柔情为伴，真是不易。

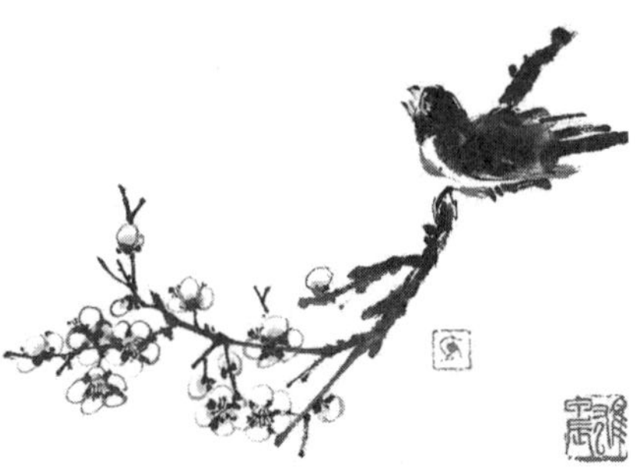

今生中最美的遇见

南朝·梁·萧衍《河中之水歌》

河[①]中之水向东流，洛阳女儿名莫愁[②]。
莫愁十三能织绮[③]，十四采桑南陌头。
十五嫁为卢家妇，十六生儿字阿侯。
卢家兰室桂为梁[④]，中有郁金苏合[⑤]香。
头上金钗十二行，足下丝履[⑥]五文章。
珊瑚挂镜烂生光，平头奴子[⑦]擎履箱。
人生富贵何所望[⑧]，恨不早嫁东家王[⑨]。

【注释】

①河：指黄河。洛阳距黄河很近。

②莫愁：最初传说她是战国末期楚国的歌女，南北朝以后逐步衍化为美女的泛称。

③绮：有花纹的丝织品。

④兰室：古代对女子居室的美称。桂为梁：形容居室华贵芳香。

⑤郁金苏合：两种名贵的香料。

⑥丝履：绣花丝鞋，是古时富有的标志。

⑦平头奴子：不戴冠巾的奴仆。

⑧望：怨，怨恨。

⑨东家王：指东邻姓王的意中人。

有关莫愁的记载，历史的篇幅不算吝啬笔墨，她是六朝中出名的女子，作为帝王的萧衍对她也另眼相看，想来是位绝世奇女子了。有人说这首诗不是出自萧衍的手笔，可是到底出自谁，显然不重要。对莫愁这样的女子来说，没有比记得她更幸福的事。

出生在黄河畔的莫愁，十三岁时就能织出最好看的绫罗，十四岁时经常行走南山小路去采桑，十五岁嫁到卢家为卢郎妇，十六岁生了儿子取名阿侯。卢家富有生活豪奢，居住的兰室由桂树做房梁，房中有郁金和苏合香，香味缭绕让人舒畅。她饰品穿着更是华贵，脚下的绣花鞋五色花纹，头上的金钗更有十二行；珊瑚镶框的挂镜发出灿烂的光，不戴冠巾的奴仆提着装鞋的箱。即便如此，莫愁也不快乐，婚前她心里早就有了所爱，今天如此的富贵不是她想要的，她只恨不早嫁给东邻王家的男子，失去挚爱。

名贵的香料，绣鞋金钗，家奴伺候，人生富贵至此无以复加，许多人为她庆幸，许多人对她艳羡，但她却不贪恋富贵，而是想真正的夫唱妇随，嫁给自己心爱的人。

萧衍写这首诗时，应该是为莫愁在鸣不平吧。帝王写情诗，这是一个不大相称的情景，于是后来有人附会这样一个传说：莫愁嫁进卢家后，夫妻恩爱，生子阿侯。一日，梁武帝萧衍到卢家赏牡丹见到莫愁人比花美，便想办法害死了卢公子，传旨选莫愁进宫为妃。莫愁却殉夫投石城湖而死，为纪念她，石城湖被改名莫愁湖，梁武帝因惭愧写了《河中水之歌》。如果萧衍知道后人如此调侃他，当时无论如何也不会写这首诗。

另一个结果也是萧衍没有想到的——后世许多文人都受影

响把莫愁写进诗文里，因而莫愁成了古代诗文和戏曲里的可爱美女；连她的故乡究竟在哪里也发生了争执：有的说在洛阳，有的说在湖北，有的说在南京。可是她在哪里呢？有一点可以确定，她在萧衍的心中，她可能是他今生中最美的遇见。

明代诗评家陆时雍说这首诗："亦古亦新，亦华亦素，此最艳词也。所难能者，在风格浑成，意象独出。"清人陈祚明赞曰："风华流丽，调甚高古，竟似汉魏人词。"足以证明，这首诗无论是艺术手法还是情调，都别致脱俗。

最可怜的还是女人

汉民歌《上山采蘼芜》

上山采蘼芜[①]，下山逢故夫。长跪问故夫，新人复何如？
新人虽言好，未若故人姝[②]。颜色类相似，手爪[③]不相如。
新人从门入，故人从阁[④]去。新人工织缣，故人工织素[⑤]。
织缣日一匹，织素五丈余。将缣来比素，新人不如故。

【注释】

①蘼（mí）芜：一种香草，叶子风干可以做香料。古人相信蘼芜可使妇人多子。

②姝：好。不仅指容貌。

③手爪：指纺织等技巧。

④阁（hé）：旁门，小门。

⑤缣（jiān）、素：都是绢。素色洁白，缣色带黄，素贵缣贱。

女子上山采一种叫蘼芜的香草，这种草可以使妇人多生孩子，没想到下山的时候遇上了前夫。二人离婚已经有了一段时间，但女子对前夫仍然念念不忘，她依照原在夫家的规矩和习惯跪了下来问道，“你后娶的妻子怎么样啊？”前夫说，“虽说新妻还算不错，却比不上你各方面都好。尽管貌美，纺织的技巧就差得多了。”女子听此心生酸楚，叹息着道，“你迎新时犹如把新妇从正门迎进来，我离开时犹如从旁边小门被送出去，我被撵出家门的时候该有多凄惨！”前夫无言以对，只好说：“新人只会织粗布黄绢，你却能够织细布白素；她一天黄绢只织一匹四丈多，你一天能织白素五丈还有余。仅从织布这件事来说，新人就远远不如你。”

诗的内容浅显至极，深痛更甚。既然旧人好，何故迎新人。可见，女子见弃不过是丈夫的一时好恶。不过，有些人不肯相信诗中的男子真的这般绝情，或许是女子为妇不育，成了被休的原因，直接的证据就是她上山采蘼芜，主治为不育，诗的本身已经透露了这一信息。不孝有三，无后为大，七出之条里也有女子不能生育而被休的规定。《礼记·内则》更有记载，“子甚宜其妻，父母不悦，出”。因儿子太爱妻子，也会被公婆令休。

不管如何，诗中的男子已经接纳了新人，旧人能做的仅仅是寂寞的诉说和柔柔的控诉。

茕茕白兔，东走西顾。

《古怨歌》中道尽了天下所有被遗弃女子的心声，于是悲伤的人说：曾经以为，我会是你今生最美的遇见，会是你此生最美的霓裳，会成为你人生的最后一道风景。可是，花开花落，灿烂终没有结果。曾经的伴君天涯终不悔，如今的浓浓相思曲空赋；曾经的此生但为君前醉，如今的望断天涯何处寻？初见时的惊艳时光，原来只不过是你一场有口无心的承诺。

从头到尾，最可怜的还是女人。为了一句无心的承诺，搭上的是一世轮回。

等让一切凋零

汉民歌《古诗十九首·冉冉孤生竹》

冉冉[①]孤生竹，结根泰山阿[②]。与君为新婚，菟丝[③]附女萝[④]。

菟丝生有时，夫妇会有宜。千里远结婚，悠悠隔山陂。

思君令人老，轩车来何迟！伤彼蕙兰[⑤]花，含英扬光辉。

过时而不采，将随秋草萎。君亮[⑥]执高节，贱妾亦何为？

【注释】

①冉冉：柔弱貌。

②阿：山坳。

③菟丝：一种旋花科的蔓生植物，女子自比。

④女萝：一说即“松萝”，一种缘松而生的蔓生植物。

⑤蕙、兰：两种同类香草。女子自比。

⑥亮：同“谅”，料想。

“等”是个永恒的主题。诗中的女子，也在静静地等待。

她挪动着莲步踱到屋后的园中赏花。一园的花草扫不走她等待的惆怅，倒是墙边独生的修竹引起她的注意。自己就像那枝竹树秀美清高，然而，清高耽搁了她出嫁的好时机，别人十五六岁都已嫁人，她却一定要与意中人结合。千里外未婚夫迟迟不来迎娶，让她心急如焚。想到自己将远去他乡，犹如墙边的那根青竹移植到远处的山坳，那里好比未婚夫居住的地方，将来就要在那里扎下根须。自己与郎君确定了婚姻关系，将来便如菟丝附在女萝身上，依靠夫君生活。不过，菟丝有繁盛之期，也有枯萎时，夫妻应该尽早结合两相厮守，难道要等到她“枯萎”的时候再来吗？

园中宁静让她神思更为专注，思绪仿佛穿过了千山万水到了夫家的地方，觉得行路千里迢迢，夫家来迎娶路途的确难行。但是她既已与对方有约，就已经是对方的人，怎么接亲的轩车来得这么晚呢？她真怕对方接她的时候，她已经愁得变成了丑女。

一园的花卉扰动她的思情，含苞待放楚楚怜人的蕙兰花就像她，盼望着夫君尽早来欣赏采撷。如若秋季来临，花儿随秋草一起凋谢，那时一切晚矣。她很怕对方悔婚，同时也在心里祷告，相信对方会信守高节不违背婚约，耐心地等着，他终将会来接自己回家。

曾有人这样看“等待”：原来等你，可以让周围的一切变得更美丽。

不过，更多的等待，会让一切美丽凋零，把相熟等成陌路，把相遇等成错过。最怕的是，经过那个路口，回头的时候，对方已经不在那里。

愁肠百转，是爱情
汉民歌《有所思》

有所思，乃在大海南。

何用问遗[1]君，双珠玳瑁簪[2]，用玉绍缭[3]之。

闻君有他心，拉杂[4]摧烧之。摧烧之，当风扬其灰。

从今以往，勿复相思，相思与君绝！鸡鸣狗吠[5]，兄嫂当知之。

妃呼狶[6]！秋风肃肃晨风飔[7]，东方须臾高知之[8]。

【注释】

①问遗（wèi）：“问”“遗”二字同义，作“赠与”解，是汉代习用的联语。

②玳瑁簪（dài mào zān）：玳瑁，是一种龟类动物，其甲壳光滑而多文采，可制装饰品。簪，古人用以连接发髻和冠的首饰，簪身横穿髻上，两端露出冠外，下缀白珠。

③绍缭：犹“缭绕”，缠绕意。

④拉杂：堆集。

⑤鸡鸣狗吠：犹言“惊动鸡狗”。古诗中常以“鸡鸣狗吠”借指男女幽会。

⑥妃呼狶（bēi xū xī）：妃，通“悲”；呼狶，通“嘘唏”。叹息声。

⑦晨风飔（sī）：据闻一多《乐府诗笺》说：晨风，就是雄

鸡，雉鸡常晨鸣求偶。飔当为“思”，是“恋慕”的意思。一说，“晨风飔”即“晨风凉”。

⑧高知之：高，是“皜”“皓”的假借字，“白”的意思。

我所思念的人，就在大海的南边。

拿什么赠给你？这是一支玳瑁簪，上面装饰有珍珠和玉环。

听说他有二心，心里伤悲，拆碎它，捣毁它，烧掉它。烧掉它，让风把灰尘扬起！

从今往后，不再思念你，我同你断绝相思！当初与你约会时，引起鸡鸣狗吠，兄嫂也可能知道了此事！

听到屋外秋风声里鸟儿飞鸣，情绪更乱。一会儿天亮了，我或许才知道拿你怎么办。

如果《有所思》不是写在一千多年以前，它依然可以成为很美的歌，把曾经的伤害，写得痛不欲生。《有所思》本来是汉代《铙歌十八曲》之一。清人庄述祖说：“短箫铙歌之为军乐，特其声耳；其辞不必皆序战阵之事。”铙歌虽为军乐，可是也不失柔情，这首歌就在写女子遭到爱情波折前后的复杂情绪。

绣楼上，一名年轻的女子在苦苦思念恋人。她思念的人在大海的南面，她精心思索的是要送给恋人什么东西做赠品，可是拿出一支玳瑁簪时，忽然想起近来有人传话给她，说是他喜欢上了别人。她并不深信，但不知怎的传言却总是在暗中烧灼她的心。再次看到给对方的礼物时，她所能思考的就是毁灭，将最美好的饰物焚成灰烬。

爱之深，恨之切！当她冷静下来的时候，想自己千不念万不念，仍不能在心里把他抹去。真的是剪不断，理还乱，是情愁。回想起当时他偷偷来到自己的房里幽会，引起鸡鸣狗吠，哥哥和嫂嫂该是知道了这件羞人事。如果他抛弃自己，今后该怎么做人？她愁肠百转，却怎么也想不到要与他断绝关系。

有人为了守护幸福而存在，亦有人为了成全真爱而离开。女子要成为的是前者，而非“功成身退”的后者。她相信全世界只有一个独一无二的他，也相信自己会成为对方的独一无二，至于真假，这对男女才是真正知道的人。

这首诗从头到尾行动细节的描写跌宕富有韵致，写女子热恋、失恋、眷恋的心理三部曲，层次清晰而又错综，读来兴味十足，不愧为名篇。

她的一生交给了他

南朝民歌《西洲曲》

忆梅下西洲①，折梅寄江北。单衫杏子红，双鬓鸦雏色②。
西洲在何处？两桨桥头渡。日暮伯劳③飞，风吹乌臼树。
树下即门前，门中露翠钿④。开门郎不至，出门采红莲。
采莲南塘秋，莲花过人头。低头弄莲子⑤，莲子清如水。
置莲怀袖中，莲心⑥彻底红⑦。忆郎郎不至，仰首望飞鸿⑧。
鸿飞满西洲，望郎上青楼。楼高望不见，尽日栏杆头。
栏杆十二曲，垂手明如玉。卷帘天自高，海水摇空绿。
海水梦悠悠，君愁我亦愁。南风知我意，吹梦到西洲。

【注释】

①下西洲：下，落。落梅时节是本诗中男女共同纪念的时节。西洲，地名，未详所在。它是本篇中男女共同纪念的地方。

②鸦雏色：形容头发乌黑发亮。

③伯劳：鸣禽，仲夏始鸣。

④翠钿：用翠玉做成或镶嵌的首饰。

⑤莲子：谐音“怜子”，“爱你”的意思。

⑥莲心：和“怜心”双关，相爱之心。

⑦彻底红：红得通透。

⑧望飞鸿：有望书信的意思，古人有鸿雁传书的传说。

写在整个南朝的情歌，加起来不及这一首。《西洲曲》几乎是南朝乐府民歌中最长的抒情诗篇，陈祚明说它是“言情之绝唱”。写爱情，它写到了极致，不知是哪位君子如此懂爱，用好诗将好梦吹入了西洲。

夏秋之交，女主人公的情人一直不曾传来讯息，她的等待无果，唯有一边在莲塘采莲，一边回忆两人相处的时光。在江北的西洲，二人曾经有过幽会，从那一刻起，她的一生就交给了他。

江北的西洲是二人定情的地方，想当初，她衣衫如杏红，发如乌墨，他一见倾心，在梅花下许了心愿。他们折梅互赠，盼望爱如梅花一样纯洁而忠贞。因此，梅花开时，成了难忘的时节，赠梅则是最美的回忆。

她多想摇着脚下采莲的船去西洲，只要划动两桨就可到桥头的渡口，但她没有勇气去他家登门认夫，只能歇下心来

翻找思念。近日来，她被相思扰乱了心魂，昨日倚门守望，直到日暮风吹乌臼树把栖落的伯劳鸟赶走。今晨，她在门里特地露出翠绿的钗钿，以便情郎一来就能见到自己，谁知一直等到打开家门还是那棵乌臼树，也没见到人影，只好出门到塘中采莲。

“采莲南塘秋，莲花过人头。低头弄莲子，莲子清如水。”朱自清最喜这句，也让很多人牢牢地记住了这首采莲歌，甚至超越了其他好诗。

在那花儿高过人的莲塘里，她的人比花还娇，低头播弄莲子，莲子就像湖水一样青翠可怜。这里语带双关，“莲子”就是“怜子”。女子忆起情郎说过“怜子”的话语，那时他的眼里的确爱意浓浓。她偷偷地把一颗红色的莲子藏在袖里，觉得它好像是自己对他的心意。天空的鸟鸣引她望向高飞的鸿雁，她想象着北飞雁群一定是去了西洲，也一定会见到情郎，他该是在高高的楼头向自己这边张望。虽然他看不到自己，也肯定整天倚在栏杆上不停张望，温润如玉的双手扶着栏杆，他会卷起帘子，向青天询问，海水般蓝的天空会告诉他，他和她相见的日期。

“南风若知道我的情意，请把我的梦吹到西洲。”最后女子的这点点愿望，含着殷殷的期盼。

一年四季，在诗人的笔下，夏日离别，秋日到来，最是凄凉不过。花枝渐颓，落叶飘零，忧伤的情感随之而来，连带着，诗人笔下的灵魂人物也会为昨天的爱殇、今天的惆怅而怅惘迷失。恋爱往往是一场颠沛流离的伤，男男女女在迷途中无知的奔忙，到底是为了相守，还是为了让眼前的风华开得灿烂，已无从知晓。但恋爱的气息，从不会因为季节的交替、思念的满溢，而损耗半分。这首洋溢着浓浓生活气息和鲜明感情色彩的情诗，给了我们答案。

斩断情伤不容易

南朝民歌《子夜歌·侬作北辰星》

侬作北辰星，千年无转移。

欢行白日心，朝东暮还西。

北辰星即是北极星，千万年来，斗转星移，物是人非，万象更新，但唯一不曾背弃任何人的，北辰星是其中之一。

朗朗晴空，亿万星辰从四面环绕着、簇拥着，它却始终寸步不移。这首《子夜歌》中的女子，表达的爱情观亦如北辰星的恒久，有着“磐石无转移”的坚决。

然而，女子的恋人不是北斗，而像当空的日照。太阳虽会发出光和热，在两人柔情蜜意时，情郎如太阳一样常来光顾，给她光明，给她温暖。然而，太阳总有转移的那一刻，刚刚还在此处，下一刻到了彼岸，朝东暮还西的情状，变换不停。恋人的心就如太阳，让她无法控制和把握。她想他的人仍如太阳给自己温暖，他的心也如北极星一样永不会变，对方却已经变了心，她即使再爱，也无能为力。

因为社会的不平等，感情在这道天平上往往便会失衡。在封建社会里，青年恋爱时男子易于变心而女子忠于感情，多半因为男女不平等的关系。由于女子处于被动的地位，往往难以摆脱遭受遗弃的命运，男子没有情感道德的束缚，想变就变，想走就走，朝秦暮楚的姿态，招人厌弃。

虽然时间可以抚平感情的创伤，可是由于伤口太深，从前种种像发生在昨天，依然历历在目，想要搁浅相思、斩断情伤，实在不容易。

这首诗前片重在写景，情由景出，后片重在写情，化情入景，表达了痴情女子对负心男子的痛心，却缺乏对爱情的顿悟，颇为可悲。

红尘过往，缘浅情长

北朝民歌《捉搦歌·华阴山头百丈井》

华阴山[1]头百丈井，下有流水彻骨冷。

可怜女子能照影，不见其余见斜领[2]。

【注释】

①华阴山：故治在今陕西华阴市东南。

②斜领：上衣的斜领。

华阴山故治在今陕西省华阴市东南，距离天下第一奇险的华山不远。高高华阴山头上有一口百丈的深井。闻华阴山之名似已觉到了一重寒凉；山头上有百丈深井，阴森凄冷之感骤增，又是一重寒凉；深井里的水是冷泉，冰冷彻骨，第三重的寒凉袭上心头。

百丈深渊、一口冷泉，凉薄的情景里却依然有一个女子来到这里，对着深井自照，不是她不惧怕，而是寂寞到无法寻回感觉，唯有孤芳自赏，在百丈深井边照一照自己的倩影。可是，连这一点愿望她都达不到，井水太深，只能照到脸部和上衣的斜领，照不到她婀娜的身姿，忍不住发出连串的叹息。

南北朝时期连年战争导致许多家庭失去了青年男子，许多女子因此过了待嫁时期；同期的北朝民歌《地驱歌乐辞》“老女不嫁，踏地唤天”，也是反映同样的社会问题。战争使青年男子死了很多，女子无处寻找情投意合的爱人。年纪大了没人可嫁，只好到高山寒井旁自爱自怜，百无聊赖地欣赏自己的美丽。

红尘过往，缘浅情长，因为时代而令爱情搁浅，是每个女子抱怨不得、埋怨不得的事。但总好过得了爱情，最后却落得“此情可待成追忆，只是当时已惘然”。

卷五　纪念留给下世，不对别人发誓

所有的繁华过境，还是成了梦。那呵滩上的韶华爱情，就这样随着光阴的脚步，尘封在了细细的浅滩。

震撼心魂的千古绝唱

汉·蔡文姬《胡笳十八拍·选三》

戎羯[①]逼我兮[②]为室家，将我行兮向天涯。云山万重兮归路遐，疾风千里兮扬尘沙。人多暴猛兮如虫蛇[③]，控弦被甲兮为骄奢。两拍张弦兮弦欲绝，志摧心折兮自悲嗟。

越汉国兮入胡城，亡家失身[④]兮不如无生。毡裘为裳兮骨肉震惊，羯膻[⑤]为味兮枉遏我情。鞞鼓[⑥]喧兮从夜达明，风浩浩兮暗塞昏营。伤今感昔兮三拍成，衔悲畜恨兮何时平。

为天有眼兮何不见我独漂流，为神有灵兮何事处我天南海北头。我不负天兮天何配我殊匹[⑦]，我不负神兮神何殛[⑧]我越荒州。制兹八拍兮拟排忧，何知曲成兮转悲愁。

【注释】

①戎羯（róng jié）：戎和羯是古族名。后泛指西北少数民族。此处指匈奴人。

②兮（xī）：文言助词，相当于现代的“啊”或“呀”。

③虫蛇：毒蛇。形容匈奴人野蛮凶悍。

④亡家失身：既失去家又失身。

⑤羯膻（jié shān）：羊膻气。

⑥鞞鼓：古代军中的一种小鼓。

⑦殊匹：匹配不相称的丈夫。

⑧殛（jí）：惩罚。

流落异国的女子成为帝王的宠爱，又有爱子陪伴在身旁，文姬本可以成为世界上最幸福的女子，然而，异国终究是他乡，失去人生所爱可能会痛苦一辈子，失去故土却等于失去了根。所以文姬才会写出令人断肠的琴曲《胡笳十八拍》，千年来被人弹唱，余音不绝。

文姬本是汉末的大文豪蔡邕之女，自幼博学多才，深通音律，容色绝佳。她六岁时听父亲弹琴，隔着墙壁就听出了父亲把第一根弦弹断的声音。父亲惊讶之余故意将第四根弦弄断，居然又被她指出。文姬长大，琴艺更是高超，诗律也精通。汉末战乱中，家中破败，她被胡骑抓获，又被南匈奴左贤王霸纳为妾妃，流落到南匈奴达十二年，这十二年里无时无刻不在思念故乡。

后来，曹操慕其才名，觉得这样一位奇女子不该被塞北的风雪掩盖了绝代风华，遂用重金赎回她。当曹操派人接她回乡时，她却又舍不得离开与匈奴王生的两个孩子。在还乡的喜悦和骨肉离别之痛的交织下，人世间最苦的事加在了她身上，万分悲伤之下，她几乎是用心滴下来的血绘成长诗，成就了这篇震撼心魂的千古绝唱。

《胡笳十八拍》近一千三百字，作为古乐府琴曲的歌辞分为多拍。从第一字起，写到当年被掳西去到放还东归的十二年间经历，其间，经历无尽的思乡苦，“云山万重兮归路遐，疾风千里兮扬尘沙”。战事扯断了千山万水的距离，令她西北流落，每每午夜梦回，心中衔悲，无处诉说。有道是，“故乡今夜思千里，霜鬓明朝又一年”。（高适《除夜作》）两脚不踏乡土，客心难免转凄凉。

回归之后，她又与北地儿女分离，骨肉分离的伤悲更加无人倾诉。离乱最易拆散人与故土、与亲人的联系，文姬却要遭受双重的打击，所以她的琴声才能随着她的心意游动，眼泪和着悲声流淌。

不过，从某种角度而言，文姬又是令人极钦佩的，作为一个弱女子，身处异国，在被纳为妃子、生有二子、备受荣宠的情况下，仍然不忘旧土，这种民族气节，天下千万男儿也比不了，所以明人陆时雍在《诗镜总论》中说："东京风格颓下，蔡文姬才气英英。读《胡笳吟》（即《胡笳十八拍》），可令惊蓬坐振，沙砾自飞，直是激烈人怀抱。"

萦绕千年的叹息

汉民歌《孔雀东南飞（节选）》

孔雀东南飞，五里一徘徊。

"十三能织素，十四学裁衣，十五弹箜篌，十六诵诗书。十七为君妇，心中常苦悲。君既为府吏，守节情不移。贱妾留空房，相见常日稀。鸡鸣入机织，夜夜不得息。三日断五匹，大人故嫌迟。非为织作迟，君家妇难为！妾不堪驱使，徒留无所施。便可白公姥，及时相遣归。"

府吏得闻之，堂上启阿母："儿已薄禄相，幸复得此妇，结发同枕席，黄泉共为友。共事二三年，始尔未为久。女行无偏斜，何意致不厚？"

阿母谓府吏："何乃太区区！此妇无礼节，举动自专由。吾意久怀忿，汝岂得自由！东家有贤女，自名秦罗敷，可怜体无比，阿母为汝求。便可速遣之，遣去慎莫留！"

……

府吏闻此变，因求假暂归。未至二三里，摧藏马悲哀。新妇识马声，蹑履相逢迎。怅然遥相望，知是故人来。举手拍马鞍，嗟叹使心伤："自君别我后，人事不可量。果不如先愿，又非君所详。我有亲父母，逼迫兼弟兄。以我应他人，君还何所望！"

府吏谓新妇："贺卿得高迁！磐石方且厚，可以卒千年；蒲苇一时纫，便作旦夕间。卿当日胜贵，吾独向黄泉！"

新妇谓府吏："何意出此言！同是被逼迫，君尔妾亦然。黄泉下相见，勿违今日言！"执手分道去，各各还家门。生人作死别，恨恨那可论？念与世间辞，千万不复全！

……

两家求合葬，合葬华山傍。东西植松柏，左右种梧桐。枝枝相覆盖，叶叶相交通。中有双飞鸟，自名为鸳鸯。仰头相向鸣，夜夜达五更。行人驻足听，寡妇起彷徨。多谢后世人，戒之慎勿忘！

一首长诗，叙述的是不能被时光磨灭的悲情，沉淀的是萦绕千年的叹息。

东汉献帝建安年间，庐江太守府小吏焦仲卿娶妻刘兰芝。兰芝聪明美丽，织布技艺好，夫妻恩恩爱爱，爱情十分甜蜜。可是婆母怎么也看不上儿媳，不是嫌她织布慢，就是嫌她不听话。吹毛求疵的挑剔引起婆媳矛盾，婆婆逼着儿子休妻。仲卿反复恳求母亲，母亲大发脾气，把儿子大骂一顿。儿子孝顺惯了，只好答应母亲休妻。兰芝流着眼泪离开焦家，仲卿追上去告诉她，府里这一期间事急，让她暂回娘家，过一段时间去接她回来。

兰芝走进家门，上前后退都觉得没有脸面。母亲听到女儿无过被休，非常伤心又没办法。兰芝回家才十多天，就有媒人上门为她介绍县令家的公子，人品面貌都好。但任媒人、家人说什么兰芝都不同意，只是含着眼泪回答：“自己回来时仲卿再三嘱咐，已立下誓言永不分离，不能背情。”

这首诗歌写下的故事，到了此处最出彩的莫过于出自兰芝之口的那句：“君当作磐石，妾当作蒲苇，蒲苇纫如丝，磐石无转移。”念到此处，二人的情谊之韧，可撼天地。

不久，当地的太守派郡丞来为儿子求婚，人也是俊逸潇洒，且还没结过婚。兰芝再次坚决拒绝。可是脾气急躁的哥哥认为前次出嫁是一个小吏，这次嫁得贵公子，妹妹能终身荣耀富贵，便逼着做成了这门亲事。

婚礼的时间越来越近，兰芝的眼泪却如长河。仲卿听说事有变故，急忙请假赶去兰芝家，兰芝心灵感应般跑去迎接，悲伤地告诉他自己抵不过家人的逼迫。两人无法割舍感情，在相拥相泣中分手。迎亲那天，兰芝知道与仲卿再难接续情缘，便纵身跳水而死；仲卿得知兰芝死讯，悲痛之下在朝向东南的树枝上吊死了。

诗的最后，说到二人被合葬后坟墓两旁的松柏、梧桐条条树枝互相覆盖，片片叶子互相连接；树中还有一对飞鸟，名字叫作鸳鸯，总是仰头相互对着叫，天天夜里直叫到五更。

“四张机，鸳鸯织就欲双飞，可怜未老头先白。春波碧草，晓寒深处，相对浴红衣。”（无名氏《九张机》）

鸳鸯一生只有一伴，失了其一，另一只的红衣也将褪色。焦仲卿与刘兰芝会成为苦命的鸳鸯，也许是宿命的安排，所有错误的相遇、相知、相爱注定了他们要在思念的路上各走一程，相见与结束是逃不脱的命运。即便“蒲苇韧如丝，磐石无转移”，可惜一生一世缘起缘灭，或许这一世的情缘石上确实没有他们的名字，但在来生大概会重新擦出明媚的火花。

沈德潜评这首诗时说：“淋淋漓漓，反反复复，杂述十数人口中语，而各肖其声音面目，岂非化工之笔。”是对其诗艺术手法的肯定，可是太过理智的判断，反倒给这段浪漫的悲剧遮去了感伤。

旧人的戏已经落幕

汉·窦玄妻《古怨歌》

茕茕白兔，东走西顾。
衣不如新，人不如故。

曾经的曾经，她与他为同一道风景了然于胸、会意于心。但爱恋失色的时候，她注定成了他人生中的配角。茕茕白兔，东走西顾，新人的戏刚刚拉开，旧人的戏已经落幕，为爱写诗的时候，世界已经荒凉。窦玄妻在写下《古怨歌》那一刻，应想不到此后与她遭遇相同的女人都在念着她的落寞之词。

窦氏的丈夫窦玄的确有吸引女人的资本，天生仪表不凡，入仕为官后，被帝王看好，将公主许配给他为妻。窦氏在家乡听说这件事，遂写了这首诗寄给他。她知道胸怀抱负追求功名才是好男儿，丈夫外出求仕，她为之骄傲，他的长久不归，她也能忍受，等待的就是他哪一天衣锦还乡，让她得到该有的幸福。然而，她得到的讯息是夫君攀龙附凤成了驸马，自己沦为糟糠之妻，真是悔教夫君觅封侯。

想了多种事物向丈夫喻诉如今窘境，觉得最恰当不过是一只白兔。她觉得自己这个白兔俯在地上，向东走走，又回头向西看看，告诉丈夫，衣裳是新的好，妻子还是旧的好。或许她是猜测：夫妻原本情深如海，只不过是皇帝逼着夫君娶了公主，或是公主看中了夫君的俊相而下嫁。她挖空心思想出了“衣不如新，人不如故”的劝说寄给他，是想劝他顾念旧情，回心转意。

若窦氏夫妇能像卓文君与司马相如一样因为《白头吟》和《诀别书》重归于好，便是最好，可是他们的故事无疾而终。不过以今天的角度来看，窦玄是否归来已不重要，窦氏无心插柳的情切之语反而在后人心中恒久停留。

流下的是回望的泪水

北朝·周·庾信《怨歌行》

家住金陵县前，嫁得长安少年。
回头望乡泪落，不知何处天边。
胡尘几日应尽，汉月何时更圆。
为君能歌此曲，不觉心随断弦。

庾信笔下的人，依然是位女子。她的家在吴地的金陵，却远嫁长安的少年。金陵和长安，千山路遥，她没办法回家看望父母，时间久了被思乡之情苦苦折磨，开始渐渐后悔当初嫁到北方。

南北朝时战乱频生，对离乡的人更是种考验。胡人把战火烧遍了中原，从此将长安和金陵隔开，女子想要回乡已是没有可能，只有登高眺望家的方向，眼中时时含着思乡的泪水。南北分开，时间经久，已不知故乡何处。

她如斯想家，或许是婚姻出了问题，不但盼着胡人马蹄激起的尘埃落尽，汉地的明月更圆，更隐含盼着夫妻生活美满。为君能歌此曲，不觉心随断弦。正是怯怯心声，不忍宣言。这歌、这曲一定是极其哀伤的，娓娓诉说中，如琴断弦一样没有知音。

四十八个字，内涵深刻隽永，愁情惹人心寒，所以杜甫才评赞“清新庾开府，俊逸鲍参军”，说做过开府高官的庾信作诗清真新爽，天然雕饰。

庾信自幼随父庾肩吾出入梁帝萧纲的宫廷，后与徐陵同任东宫学士，二人的宫体文学风格也被称为“徐庾体”。后来庾信在出使北朝时梁朝被灭，北朝君臣倾慕南方文学，便强迫他留在北方。到北周时他官至骠骑大将军、开府仪同三司。陈朝兴盛而与北周通好，流寓人士都允许归故国，单单禁止庾信与王褒回南。庾信一方面身居显贵，被尊为文坛宗师，受皇帝礼遇，一方面又不能回乡，只能靠思念来止息想家的心情。

因为庾信的身世，他的《怨歌行》似在说着女人的闺情，也像自况，乡愁的情切，常比爱情更甚。不然，不会那么多人读到“春风又绿江南岸，明月何时照我还”的句子，流下的是回望的泪水。

悲剧命运终究注定

汉民歌《古诗十九首·青青河畔草》

青青河畔草，郁郁园中柳。
盈盈楼上女，皎皎当窗牖[①]。
娥娥红粉妆，纤纤出素手。
昔为倡家女，今为荡子妇，
荡子行不归，空床难独守。

【注释】

①牖（yǒu）：古建筑中室与堂之间的窗子。

视角是从一座小楼开始，她站在楼阁的暗影处眺望，远处的河畔草色青青，近处园中烟柳郁郁葱葱，构成了泼墨般的画幅，悠悠渺渺，似目不能及，令人心旷神怡。她体态盈盈，轻灵柔美，倚在窗前如凭虚临风；肌肤皎洁，润如良玉，明如白雪；红妆精饰，艳服款款，光彩照人。

只见她伸出纤长白嫩的手指，拨动窗帘，目光落入草色里，青青绒草该是印有远行人往日的足迹，她久久注目着，未曾动弹半分。园中那株郁郁葱葱的垂柳，印有她更深的记忆。她曾折柳与他，愿他在外如柳一样适应土地，也希望长长的柳丝能牵住他游走的心。

一切都显得太美好，草色烟柳的青春为她的青春做陪衬，又为艳艳的红妆做陪衬。偏生美到了极致的事物，才为接下来的转折托陈得更让人不忍视之。

春日登楼眺望，这是妇人心中很重要的事，她把自己打扮得端丽非常，不过是盼着游子在春花开放时归来，可以看到依然貌美的她。每次陌头柳色新的时候，她都会燃起重逢的念想，一年一度，年年如此，却又一次次归于失望。她原本身在青楼，从良嫁了人，但丈夫是个浪荡游子，舍家在外长久不归，让她难以忍受寂寞。

好不容易离开了欢场，过上正常人的生活，转而进入长久独守空房的苦境，她没办法不抱怨。

越是寂寞的人越是会用心地记住生命中出现的那个人，于是总是意犹未尽地想起和他在一起的夜晚，想起在同一个场景下一次次的送别，继而一遍一遍数着自己的寂寞。可是，总也想不透，有些感情就像泥上不能开花，没有风的蒲公英，没有阳光的森林，不会结果。

一首乍看平直的诗，却极致丰婉。六个重叠词连用曲尽其妙；让现实的美和现实的丑极致地结合，形成强烈对比，将诗中的人物孤独而耀目的形象、寂寞而烦扰的心声完全道了出来。游宦成风而希望渺茫的汉末，一代女性的悲剧命运终究注定。

一个残缺不全的梦

南朝民歌《子夜歌·始欲识郎时》

始欲识郎时，两心望如一。
理丝①入残机②，何悟③不成匹④。

【注释】

①丝：谐“情思”的“思”。

②残机：残破的织布机。

③悟：明白。

④匹：布帛宽二尺二寸为幅，长四丈为匹。这里用为双关语，暗喻二人不能成为匹配。

厚厚的宋词里，有一页特别的伤感，它是一位不知名字的人写下的《九张机》，织布机上每一丈织出的，丝丝含情，缕缕凝怨，平添了一些凄楚，多出了一股怨尤。它像是来自久远的歌声，于是时光倒流了几百年，在同是厚厚的乐府集里，找到了它的身影。一台旧痕遍布的织布机上，故事才刚刚开始：

少女初识少年的时候，抱着长长久久、两心如一的愿望。那时，她尚在闺阁，不能明目张胆的恋爱，只能私下幽会。她喜欢他的人品；他喜欢她的华貌。相处久了，感情越来越深，便私订终身。她始终寄望两颗心永远相印，指望将来成就婚配，可是少年出现了状况。

那一天，她发现他不见了以往的热情，回想之前他闪烁的态度，甚至不愿与她相见。流光容易把人抛，揽镜照自己，她的样子并没变，还是娇艳依旧，是他喜新厌旧才变心的吗？回想两人以往在一起的一幕幕，像一个又一个失落的梦境。她能做的就剩下期待他回心转意，等过了一个又一个暮色。

她要和他说说话——还记得第一次相约吗？你那熠熠发光的眼神吸引了我，于是此生决定再不嫁旁人。可如今，物是人非。

织布机上，丝线能否把思念理入织机，冲淡苦涩。可是简单的工序也无法完成，一架好的织机此时丝线不入，是不是故意与人作对？这里，织机的“布丝”本与“不思”重重叠叠，就像他不再思念自己一样。无限长的线虽然如她的情思连绵不断，然而一团乱丝亦是她此刻的心念。

剪不断，理还乱，别是一般滋味在心头。他的负心，留给她的是一缕织不成匹的乱丝，一个残缺不全的梦。

细腻的笔触、传神的韵致、凄清的意境、诚挚的语意，让这首《子夜歌》分外别致。由相爱到分离，由缠绵到纠缠，一段遭遇背叛的爱情就这样轻易地伤害了稚嫩的年华，留下深沉的遗憾。

繁华过境，还是成了梦

南朝民歌《西曲歌·那呵滩（二首）》

闻欢下扬州，相送江津弯。
愿得篙橹折，交郎到头还。

篙折当更觅，橹折当更安。
各自是官人①，那得到头还。

【注释】

①官人：官府的隶役、官奴、奴婢一类的总称。

世间所有的遇见，或许是久别重逢，或许是擦肩而过，极力渴求的长聚首，不过是一片转瞬云烟，有时，相遇可能是更久的离别。

所有的《西曲歌·那呵滩》，都是扬子江畔船工的恋爱写照，他们的感情如潋滟的江水，缠绵到海角天涯。“那呵”是一处水滩，很多的船只停泊在那个地方，于是几百年来，生离死别的故事伴着那呵，一道累下了厚厚的红尘。

我们不知道这两组“那呵滩”的作者是谁，也说不清它所写的人名字为何，“那呵滩”的组曲本是舞曲，起初由配合的十六人一起共舞，有合唱和男女对唱，所唱的几乎都是关于不能聚首的怨怼，呈现了特有的直率与哀怨相结合的艺术风格，亦是少见的以官府隶役奴婢为主人公、以他们的生活为背景的文学作品。仔细品味这首歌，可以看得出是男女的对歌：

女子说：“听说你要开船去扬州，我只有来江湾处送别，多希望船开到一半，篙橹就会折断，你可以就此打消了去的念头，折回到我的身边。”

男子答：“即便篙橹折断又如何，还会有人拿来新的篙橹，路还是要走，船还是要开。谁让我们是官奴，要听大人的使唤，哪有自由可言。”

“愿得篙橹折”，这是女子不切实际的假设，也是幻想和期盼，不过是为了表现她对爱人聚首和离别痛恨的感情。仅仅五个字，她对爱情和安宁生活的真诚向往纤毫可见。男子无奈的回答却打碎了女子的幻想，为这场颠沛流离的爱情增添了老天作弄的意味。

在天意弄人的安排下，伤了，痛了，他们终于懂了什么叫爱到不能爱，什么叫聚到终须散，所有的繁华过境，还是成了梦。那呵滩上的韶华爱情，就这样随着光阴的脚步，尘封在了细细的浅滩。

思念唯有苦
南朝民歌《子夜四时歌·自从别欢后》

自从别欢后，叹音不绝响。
黄檗[1]向春生，苦心随日长。

【注释】

①黄檗（bò）：又名黄菠萝、黄柏，落叶乔木，树皮纵裂，内皮黄色，味苦。

思念是一种情感，不光是苦，也该有甜。但诗里的她觉得思念唯有苦，而且是像黄檗树一样，苦在不断地生长。

她思念的情人去了哪里？是外出经商，还是游宦觅封侯；是出征打仗去了，还是浪子般四处游荡。

自从别欢后，她的思念未曾停止。每次想起离别的人，心里就多注了一剂苦水。他去了远方，她日复一日地想着，叹息成海。

门前的那颗黄檗树，听说树的心是苦的。她从不曾去求证那苦有多涩，但想必思念的苦涩不会输于它。黄檗树中间的苦心随着时光的流逝日益长高，她的思念也随着情人别离时间的延续而日益滋长。她不愿这苦太多，可又不得不嚼。这种慢慢折磨自己的痛苦，使旁人也为她感到心酸。

《子夜歌》中有：“渊冰厚三尺，素雪覆千里。我心如松柏，君情复何似。”在子夜的笔下，在爱情的游戏里，女子往往是等待的角色，或如磐石，或是松柏，又或是一棵苦心的草木，她期盼的人永远都是身在他乡的未知数。世人从不曾谋面子夜笔下的那些男性究竟长得如何，但性格已经被我们想象得万般恶劣，若是可以，这样的负心汉在世上越少越好。

赏过这么多的《子夜歌》，便想起那句话：年轻时，有些事你无法懂；懂得时，年轻已是不复来。莫怪时光决绝，我们之所以活得狼狈，不外乎错误的坚持，或者轻易的放弃。孤独地静守以及优雅地放手，命运终不致让你囊中空涩。

只有用鲜血和眼泪来清洗

南朝民歌《丁督护歌（二首）》

督护初征时，侬亦恶闻许[①]。
愿作石尤风[②]，四面断行旅[③]。

闻欢去北征，相送直渎浦[④]。
只有泪可出，无复情可吐。

【注释】

①侬亦恶闻许：我不愿意听到这件事，也不允许这件事发生。侬，女子自称。恶闻，不愿意听到。许，允诺。

②石尤风：一种厉害的打头逆风。

③断行旅：使一切交通停顿。

④直渎浦：在今南京市。

在郭茂倩著录的《乐府诗集》中，南朝刘宋时期的乐府《丁督护歌》共五首，题中所引为其中四、五。推考当年的历史，或许真的有丁督护其人成了史书的边角料，留下了一段古老的传说。

南朝宋武帝刘裕在东晋末年未做皇帝前，曾经派自己的女婿徐逵之从建业去荆州西征，结果徐逵之兵败被杀。刘裕派幕府内的直督护丁旿去殓葬尸体。丁旿回报时，徐逵之的妻子会稽公主询问殓葬的事，每问一句就长叹一声："丁督护！"声音十分哀切。

古时征人北去、西去大多死在战场，可以衣锦归来的少得可怜，受刘裕之命的徐逵之客死异乡，丁旿未来的命运又会怎样呢？

"督护初征时，侬亦恶闻许。"可以想见，那时大军要去北方出征，丁旿奉命参加这次出征，临行前他的情人赶来送行。军伍出征时，丁旿无法与情人执手泪别，二人只得隔着浩浩荡荡的军队注目传情。

她痛彻心扉，念着思恋：

"早就听说皇帝要派兵北征，没想到出兵的名单里竟有你。一听说你要出征，我的心就无法忍受：不愿意听到这件事！也不允许这件事发生！希望我能化作那狂烈的逆风，把四面的交通都阻断，让这次北征停下来。这样督护就不用去出征，就会留下来和我朝夕相伴。听说你去北征，我的心都要碎了。一直赶到直渎浦和你道别，却碍于军伍在前，无法对你一诉衷情。心中有千万个祝愿，愿你早日安全地归来好与我相见。此时我的泪水不断地流，悲痛欲绝，话都无法说出口。"

“只有泪可出，无复情可吐。”她不单是不愿与他分开，更担心的是丁昨一去不复还，今天的相见可能成为他日的死别，未来太过渺茫而不可预知。人们常说，有些伤口，时间久了就会慢慢长好，有些纠结，想通了也就释然了。可是，如果注定成为一个扭曲时代的牺牲品，恐怕只有用鲜血和眼泪来清洗肮脏的世事。

相思，挠得他心痒痒

南朝·梁·萧衍《东飞伯劳歌》

东飞伯劳[①]西飞燕，黄姑[②]织女时相见。
谁家女儿对门居，开颜发艳照里闾。
南窗北牖桂明[③]光，罗帷绮帐[④]脂粉香。
女儿年几十五六，窈窕无双颜如玉。
三春已暮花从风，空留可怜与谁同。

【注释】

①伯劳：俗称胡不拉，一种小型的雀类。

②黄姑：牵牛星。

③桂明：《玉台》《英华》注均作“挂明”。

④绮（qǐ）：有花纹的丝织品。

青春如一场大雨，在年少的时候熄灭了他的爱情，但他依然盼望能够再一次回到那些年的雨中。那些年，他也曾有过喜欢的女孩。

萧衍的出生，并非为帝王而设，所以他的青春不在宫闱，而在可以小儿无赖的大宅，他会写下这段关于“劳燕分飞”的爱情，是不是他的真实经历已无从考证，索性，诗里的少年便当作少年的萧衍。

弱冠年纪的萧衍正是情感丰沛的年代，正值意气风发，却陡然遭遇了一段无疾而终的恋情，坐立不安，徘徊叹息。

已不记得当年她是怎样出现在他的视野，或许是突然有一天，邻家搬来了陌生的户主，然而，那家中的一抹窈窕的身影，让他忘记了一切。

紧邻而居，他可以看到她的形貌，身材曼妙，容颜秀丽，发如漆墨。他从未见过如此好看的少女，真的是光彩照人，不但照耀着自己，连带着整条街都生色许多。从此，他神不守舍，眼睛总是想望向临宅，又不好时时瞧着，便学会了偷看。可是她家中南面的窗子和中室与堂之间的窗子都挂上了闪光的帘子，或许是觉察了邻居的偷窥。为此，他只能想象她在罗帷中的影像，仿佛闻到她梳妆时散发出的粉香。

他朝思暮想，白日里失魂落魄的，晚上则辗转反侧睡不着觉。剪不断、理还乱的相思，挠得他心痒痒。

突然有一天，女孩搬走了，从此，他再见不到她的身影，也闻不到她的粉香。按他原本的想象自己该变得轻松，然而无论怎样挣扎，眼前那个窈窕无双的少女再无法从他心中抹去。

“东飞伯劳西飞燕，黄姑织女时相见。”白天看到伯劳鸟和燕子各自远飞，心想自己和那女孩儿多像劳燕分飞各奔东西；夜晚见到牵牛星和织女星隔着银河相望，又想到牛郎织女一年还有一次相见的机会，自己和那女孩却相见无期。

此时三春已暮，花瓣被风吹散，他觉得自己孤单凄苦如雨打风吹去的花瓣一样可怜。

少年时期的萧衍，是颇富闲情的，当年的那段邂逅前因后果究竟如何，依靠的是后人的猜想。于少年萧衍而言，只有从没发生过的爱情，他才能在拥有修改权的记忆里，演变成他思想中最美好的版本，哪怕这个版本是错过了就无法重来的爱。最后，他还留给了分别恋人最好的四字——劳燕分飞。

她的美摄人心魄

汉民歌《陌上桑》

日出东南隅，照我秦氏楼。秦氏有好女，自名为罗敷。罗敷善蚕桑，采桑城南隅。青丝为笼系，桂枝为笼钩[①]。头上倭堕髻[②]，耳中明月珠。缃绮为下裙，紫绮为上襦。行者见罗敷，下担捋髭须[③]。少年见罗敷，脱帽著帩头[④]。耕者忘其犁，锄者忘其锄。来归相怒怨，但坐观罗敷。

使君[⑤]从南来，五马立踟蹰。使君遣吏往，问是谁家姝？“秦氏有好女，自名为罗敷。”“罗敷年几何？”“二十尚不足，十五颇有余”。使君谢[⑥]罗敷：“宁可共载不？”罗敷前置辞：“使君一何愚！使君自有妇，罗敷自有夫。”

“东方千余骑，夫婿居上头。何用识夫婿？白马从骊驹，青丝系马尾，黄金络马头；腰中鹿卢剑[⑦]，可直千万余。十五府小吏，二十朝大夫，三十侍中郎，四十专城居[⑧]。为人洁白皙，鬑鬑[⑨]颇有须。盈盈公府步[⑩]，冉冉府中趋。坐中数千人，皆言夫婿殊。”

【注释】

①笼钩：一种工具。采桑用来钩桑枝，行时用来挑竹筐。

②倭堕髻：发髻偏在一边，呈坠落状。倭堕，叠韵字。

③髭须：髭，嘴唇上方的胡须。须，下巴上长的胡子。

④帩（qiào）头：古代男子束发的头巾。

⑤使君：汉代对刺史的通称。

⑥谢："请问"的意思。

⑦鹿卢剑：剑把用丝绦缠绕起来，像鹿卢的样子。鹿卢，即辘轳，井上汲水的用具。

⑧专城居：作为一城的长官（如太守等）。专，独占。

⑨鬑鬑（lián lián）：须发疏薄的样子。

⑩公府步：摆官派，踱方步。

早晨的阳光照耀在秦家小楼的时候，秦家少女罗敷正动身去城南边侧采桑叶。她头上梳着堕马髻，耳边挂着珠耳环；下身围有带花纹的浅黄色绸裙，上身穿着绫罗做的紫色短袄；肩上的篮子用黑丝做缰绳，篮子的提柄用桂枝编成。

这一路，老人们见了她放下担子，捋着胡子欣赏她的美；年轻人见了她，急忙脱帽重整头巾以引起她注意；种地的人见了她，忘了自己在犁地；锄地的人见了她，忘了自己在铲草。她如初升的太阳般光彩照人，这样的回头率难以想象。

途经的太守见到罗敷的美貌，本想将她据为己有，可是罗敷说："糊涂！你家有妻子，我自有丈夫。我的丈夫随从人马就有一千多，他骑着白马走在最前面，马头上戴着金黄色的笼头；腰间佩着鹿卢剑，宝剑价值千万钱；十五岁太守府为小吏，二十岁朝廷做大夫，三十岁做了皇上的侍中郎，四十岁成为封疆的一城主。”

她接着道：“我丈夫长得皮肤洁白微有须，轻缓地在府中行路，从容地出入官府。聚会时即便有几千人，也数我丈夫外貌最突出。”

结果如何是可想而知的，罗敷已有夫，觊觎他的太守自然碰了一鼻子灰。

这诗是汉乐府中的名篇，最早著录于《宋书·乐志》，题名《艳歌罗敷行》，在《玉台新咏》中题为《日出东南隅行》，不过在晋人崔豹的《古今注》中已经称之为《陌上桑》。宋人郭茂倩《乐府诗集》沿用了《古今注》的题名。

“陌上桑”指的是故事发生的地方，在大路边的桑林。整首诗，精彩的不是它的戏剧冲突，不是罗敷对太守的巧妙反击，而是罗敷的美。

她的美，是聪颖机智、智计非凡，平淡中含着典雅、质朴中透着高贵、清丽中显露豪华，是雅俗共赏，不可亵渎。当人们都在称赞罗敷的勇敢忠贞、蔑视权贵、鲜活可爱时，对她的慑人之美反而淡视了，这是赏读本诗最遗憾的事。当我们在不断以古典女性的忠贞形象去标榜罗敷时，最应该看到的，是她自然流露出的光辉，为她的美洗去一切道德的意味。

权势往往是摧残人性的毒手

汉·辛延年《羽林郎》

昔有霍家姝，姓冯名子都。依倚将军势，调笑酒家胡。
胡姬年十五，春日独当垆[①]。长裾连理带，广袖合欢襦[②]。
头上蓝田玉，耳后大秦珠[③]。两鬟[④]何窕窕，一世良所无。
一鬟五百万，两鬟千万余。不意金吾子，娉婷[⑤]过我庐。
银鞍何煜爚[⑥]，翠盖空踟蹰。就我求清酒，丝绳提玉壶。
就我求珍肴，金盘脍[⑦]鲤鱼。贻我青铜镜，结我红罗裾。
不惜红罗裂[⑧]，何论轻贱躯！男儿爱后妇，女子重前夫。
人生有新故，贵贱不相逾。多谢金吾子[⑨]，私爱徒区区[⑩]。

【注释】

①垆：旧时酒店里安放酒瓮的土台子，亦指酒店。

②襦（rú）：短衣。

③大秦珠：西域大秦国产的宝珠，也指远方异域所产的宝珠。

④鬟（huán）：古代妇女梳的环形发髻。

⑤娉婷：形容女子姿态美。

⑥煜爚（yù yuè）：光辉灿烂，光耀。

⑦脍（kuài）：细切的肉。

⑧红罗：红色的轻软丝织品，多用以制作妇女衣裙。裂：古人从织机上把满一匹的布帛裁剪下来叫“裂”。

⑨金吾子：执金吾，是汉代掌管京师治安的禁卫军长官。这里指调戏女主人公的豪奴。

⑩私爱：单相思。徒：白白地。区区：指拳拳之心，恳挚之意。

清水出芙蓉，天然去雕饰。胜过春花绚丽的胡姬沐浴在春光里，在当垆中吆喝着卖酒。她内穿长襟罗衫，腰系连理丝带，外罩宽袖短袄，袄上还绣有象征爱情的图案，身形婀娜，气质卓著；头上戴着蓝田玉雕制的首饰，耳后发簪上挂着西域大秦国产的明珠；两个发髻高高挽起，把整个人都衬托得罕世窈窕。

回眸一笑百媚生，罕世的清丽女子，顿使得将军家的豪奴冯子都起了色心。冯子都既是东汉权贵霍光的家奴头，又是霍光的男宠，自非寻常家奴可比，仗势欺人自是有的，因此这才看中了胡姬的美貌。但胡姬对豪奴的人品嗤之以鼻，忍不住骂道：“温婉的态度其实是伪装的；驾着翠羽银鞍马车来是炫富；酒店内凑到身前要酒点菜，要求本姑娘贴身侍候是轻薄；竟然强赠青铜镜、红罗衣等象征男女欢好的礼物，不老实地动手动脚，这更是让人无法忍受的调戏。”这段话利落干脆，掷地有声，活脱脱的潇洒少女跃然纸上。

面对豪奴的调戏，胡姬自然得顾忌对方恼羞成怒翻脸用强，因此在骂过之后，随即话头一转，自贬身价，“不惜红罗裂，何论轻贱躯！”意思是，“您有那么高的身价，我们平民百姓轻贱之身怎配得上您呢？”又强调自己已经有了夫君，而且忠于对方。

其实，才十五岁的胡姬未必真有丈夫，此处该是借这个理由抗御纨绔权贵的侮辱。最终，她以“多谢金吾子，私爱徒区区”来抬高并谢绝对方，有礼有节、委婉得体地拒绝了豪奴的侵凌。

权势往往是摧残人性的毒手，让很多人以为掌控了它而为所欲为，实际却沦为了它的奴隶。可以在权势面前完成优雅的转身，这是只有胡姬才能迸发的青春烈焰，让人为之叫好。

这首诗很可能是辛延年借古讽今之作，以西汉豪奴冯子都来讽刺东汉时的权贵窦景，辛氏存留于世的篇目仅此一首，却也成了乐府中名贵的一页。

卷六　万水千山，何处故乡

抬望眼，高天暮云流走，西极的崦嵫山吹来晚风，楚天千里，暝色苍茫，境界空旷，自己这一个体在天地间显得那样渺小。孤独寥落之感油然而生。

可怜着尽汉宫衣

汉·刘细君《乌孙公主歌》

吾家嫁我兮天一方，远托异国兮乌孙王。

穹庐为室兮旃为墙，以肉为食兮酪为浆。

居常土思兮心内伤，愿为黄鹄兮归故乡。

关外的西风吹来了冰冷的沙，缠缠绵绵染红了苍凉的白杨，出关的女子回首着家乡的方向，却多年不曾见到熟悉的身影出现在山冈上。“一去紫台连朔漠，独留青冢向黄昏。”当年的昭君出塞时，时人、后人都为她的牺牲留下情韵浓郁的笔墨。可是，在她之前，已然有一抹寂寞的身影，远离汉土，远赴胡地，为国和亲，关于这个女人的事迹，知道的人又有多少？

《乌孙公主歌》出自刘细君之笔，她，一个不简单的女人。

她是汉江都王刘建的女儿，又是汉武帝的侄孙女。刘建在封地荒淫无道并企图造反，未果自杀，细君的母亲也随之被杀。后来，细君的叔父刘胥被封为广陵王，派人找到了流落民间的侄女。当时匈奴时常侵犯边境，汉武帝为结好伊犁河上游的乌孙国，就封细君为江都公主，下嫁乌孙国王昆莫，她成了早于昭君出塞的第一位“和亲公主”。

细君出嫁时，武帝命数百名属吏工匠和侍者跟从，赐给车乘、服饰等很多物品；到乌孙后，她被昆莫封为右夫人，随从工匠还为她建造了宫室。

千里悠悠，“一去心知更不归，可怜着尽汉宫衣”，她有千万个不愿意，却不能不屈服。在乌孙，语言不通是一难，她与昆莫的年纪相差巨大又是一难，思家之情就像喷涌的泉水，她唯有写诗寄情。

先是身家沦落，忽被封为公主，无疑重见天日。然而，重见天日的代价是替那些真正的公主们远嫁荒僻之地。

“吾家嫁我兮天一方，远托异国兮乌孙王。”可以想见，此嫁她是万般无奈的，但皇命难违，何况她是罪臣之女。穹庐为室毡为墙，以肉为食以奶酪当水的生活，她实在难以接受，荒凉的大漠风光亦非她想要，心里免不了愁绪搅缠。

推考当时的情况，其实昆莫年纪已老，与细君语言不通，习俗不同，夫妻之间一年会面仅一两次，全无温情可言。她常年独守空房，连说话的人都没有，自然终日以泪洗面，因此才唱出了“愿为黄鹄兮归故乡”这极其凄怆苍凉的诗句，完成了这首缠绵悱恻的诗。

作为联姻的使者，细君为民族间的友好和汉边境的稳定做出了牺牲，可是又有谁为她的命运道一句惋惜呢？

两年后昆莫去世，其孙岑陬继承王位，按乌孙风俗，新王要继承旧王的所有妻妾。细君无法接受，向汉武帝请求回国，武帝从大局考虑命她接受当地风俗，迫使细君再嫁岑陬。一年后，细君生下了女儿，不久便忧伤而逝，年仅二十五岁。

寥寥百字，却是千言万语，一幅惨淡的情景融汇着浓浓乡情、苦情。诚然，外人看到的细君，重拾了荣华富贵，得到了身份地位，有了别人看起来美满的婚姻。可是想要的爱不在，想要的事不能为，想见的人永不得见，如此，细君的生命怎能不无疾而终？

它的独特，让它动人
汉民歌《巫山高》

巫山高，高以[①]大，
淮水深，难以逝[②]。
我欲东归，害不为[③]？
我集无高曳[④]，水何汤汤回回。
临水远望，泣下沾衣。
远道之人心思归，谓之何！

【注释】

①以：且。

②逝：过。

③害（hé）：疑问代词。为：施，设。

④集：渡过。高曳：即篙栧、篙楫，代指船只。

有一种愁怨的情结叫思乡，有一种痛彻的心绪叫怀人，独在异乡为异客，在外的游子，有谁不想对着远方的家乡登高遥望……几千年来，人们就像天生就种下了乡土的种子，乡情便是这颗种子的生长。

“小时候，乡愁是一枚小小的邮票；
我在这头，母亲在那头。
长大后，乡愁是一张窄窄的船票；
我在这头，新娘在那头。
……”

余光中在写下《乡愁》的那一刻，已静静地传达了每个人乡愁的滋味。

本诗的乡愁，有着异曲同愁的意味。唱着这首思乡歌的人或许是货郎担囊远行，负债难归；或者是外出的游子，羁于旅途；抑或是军伍兵丁，西去难回。“巫山高，高以大，淮水深，难以逝”，巫山又高又大，淮水又深又长，远方的家乡隔有类似这样的无数高山深水，有家难归的折磨已让他愁肠百转。

诗中把本是两地的“巫山”和“淮水”并称，引来后人的各种猜想，有人认为安徽濠州的淮水近处的一座山也叫巫山，因而诗里把淮水和巫山并称，这名游子是羁旅在濠州附近苦苦地想家。

其实，我们不必拘泥于字面是怎样的情形，只把它看成是泛指山高水长便可。主人公回不了家绝不止受到山水阻隔这样简单，一定还有人生困窘，只是借山高水长怅怨不能归乡。他慨然长叹，戚戚诉说着没有桥梁，渡不过淮水，只好寄望有只船把自己渡过去。然而，船只找不到，面对浩荡的河水只能望之兴叹：你为什么老是那样“汤汤回回”地奔流不息，是成心要与我这个回不了家的人作对吗？

“临水远望，思归而已。”河的那边，遥远的家乡，那里有年迈的父母，有辛劳的妻子，幼小的儿女，还有相亲相近的兄弟姐妹。此时此刻，悲凄如潮水般涌上心头，滚烫的泪水夺眶而出，滴滴珠泪，滑过肌肤掉落在衣上，凝结成凄然的乡痛。

《巫山高》为汉《汉鼓吹铙歌十八曲》之一。后来很多人都用它作为诗题，诸家写景，不乏此类之作，可是本诗的别致在于凝聚了浓郁的乡愁、绵绵的怀念，它的独特，让它动人。

故乡久不见

汉民歌《长歌行·岧岧岩上亭》

岧岧岩上亭，皎皎云间星。
远望使心思，游子恋所生①。
驱车出北门，遥观洛阳城。
凯风吹长棘②，夭夭③枝叶倾。
黄鸟飞相追，咬咬弄音声。
伫立望西河，泣下沾罗缨。

【注释】

①所生：出生之地。

②长棘：泛指有刺的苗木。

③夭夭：绚丽茂盛的样子。

流落他乡的人，总喜欢高处望乡，似乎人间所有的高台，都是用来寄托乡愁的工具；清风拂过，秋叶辗转，落花知意，眼前的景色，也都成了乡愁的衬托。后来，有人将高台演绎成了黄泉路上的望乡台，人死后，魂魄可登台眺望阳世家中情景，可见，恋家情结深埋在绝大多数人的心中。

本诗写的是游子被乡情折磨的情景。夜梦“岧岧岩上亭”，恍惚中喜欢上了这个亭子，它是登高望乡的好去处。他登上去遥望远方，却没望见故乡的模样，只见皎皎云间星，是不是在向亲人传递自己的思念？

他期盼天上明星代替自己向远方的亲人报以问询和回传消息，这份寄往，有几分奢望，又有几分可怜。

唐时李白在游秋浦时写下，“天借一明月，飞来碧云端。故乡不可见，肠断正西看”，设想着借一轮明月去故乡传递问候，情感与此诗中的游子几乎一模一样，看来，没有了时空时间的界限，乡愁在哪里都一样。

早晨醒来，游子方知登高望乡原来是一场幻梦，立即驱车出了北门，去找寻那岩上的高亭。然而，洛阳城北不见高亭，却是北邙山墓地，登山望去，只能见到晨雾笼罩的洛阳。诗歌在这里用“凯风吹长棘，夭夭枝叶倾”来形容洛阳城北的景象，目的就是引动人的愁情。烈风把山林吹得猎猎作响，茂盛的枝叶被刮得歪歪斜斜，四处凄凉萧索的景致，衬得愁情更添愁意。

《诗经·黄鸟》篇有曰：“交交黄鸟，止于棘。谁从穆公？子车奄息……彼苍者天，歼我良人。如可赎兮，人百其身！”说的是秦穆公死时以一百七十七人殉葬，其中子车氏的三兄弟都被殉葬。诗以黄鸟止于棘树不得其所，暗示了子车氏之子殉葬的悲哀。

本诗以“凯风吹长棘，夭夭枝叶倾。黄鸟飞相随，咬咬弄音声”来表达思乡之情，把恋土情与被殉葬的哀情相提并论，与《诗经》里的大悲吟同日而语，正是把想家的哀伤渲染到了触目惊心的程度。

“伫立望西河，泣下沾罗缨”，是给游子的画像——他呆呆地伫立于北邙山上，眼望着黄河以西的地区，遥远的西方是他的家乡。故乡久不见，泪水如泉涌，把帽缨都浸湿了，站在那里沉湎于一片哀怨中。

念家人睹人思情
汉民歌《艳歌行》

翩翩堂前燕，冬藏夏来见。
兄弟两三人，流宕[①]在他县。
故衣谁当补，新衣谁当绽[②]？
赖得贤主人，览取为我组。
夫婿从门来，斜柯西北眄[③]。
“语卿且勿眄，水清石自见。”
石见何累累，远行不如归！

【注释】

①宕：同荡。

②绽：裂也，本意为绽破，此处为补缝破绽或裂布帛缝制新衣之意。

③眄（miǎn）：瞟眼斜视。

燕子，一生一世只有一个伴侣，所以生命里从来不唱着独角戏。春去秋来，堂前燕优游来去，激起了想念家中爱人的男子们，心中那丝丝缕缕燃烧的热情。

诗中讲到的“兄弟两三人”，大抵指的是一起在外做长工的同乡好友，而并非真正的兄弟。那时外出务工，长工一打数年，有时一年仅仅回一次家，甚至有家都回不去。为了生计而奔波的男子，饭不会做，衣不会缝，一想起曾为自己裁衣的妻子，郁闷难当。

东家的女主人注意到了他们衣服的状况，让她不忍。一天，东家有事外出，女主人连忙帮长工们缝补起了衣衫。几个汉子痴望着女主人，心中觉得，无论她的心灵和外表都是那样的美好。

正当女主人忙碌着缝衣时，东家回来了。见到妻子为别人缝衣服，东家心生妒意和不满，又不好立即发作直接制止，便侧着身倚在门框上，眼睛瞟着妻子和长工，嫉妒如火。

长工们被瞧得实在紧张，忍不住向东家解释，他们没有与女主人发生什么事情。

“水清石自见”，清者自清，浊者自浊。

水清石见了又怎样呢？这里是别人的家，女子是别人的妻子，真正等待自己的，是家中可以为自己缝补衣服的妻子。

这像是一场没有开始也没有结局的艳遇，浅薄地相遇，浅薄地邂逅，是出门在外流浪寂寞者的心曲，没有“想爱不能爱”的想法杂糅其中，单纯地只是念家人睹人思情，继而勾起了对家乡妻子的思念。虽为艳歌，有的却是清淡如水的忧伤。

天涯何处是吾家
汉民歌《悲歌行》

悲歌可以当泣，远望可以当归。
思念故乡，郁郁累累。
欲归家无人，欲渡河无船。
心思不能言，肠中车轮转。

伤得太痛，所以泪已流干，“肠已断，泪阑干”，不若长歌当哭，远望当归。

有人说丈夫有泪不轻弹，只是未到伤心处，诗中的主人公经不住乡思折磨以“悲歌”“远望”书写不能言喻的乡情。后人看到的是此处诗境创造的深邃，有禅意、有情景、有内容，然而，写下它的人，半分未多想，仅有的不过是郁郁累累思念故乡的感情。

诗人王昌龄有“琵琶起舞换新声，总是关山旧别情”的好句，含蓄委婉地道出了愁情难抑、苦中作乐的别情，然而，比不上这两句给人情感的冲击。

默默泪水，款款哀伤，怎能用歌声来替代；杳杳故乡，怎能望得见，但仍是要极目望去，只要有一抹眼神穿透那云雾，越过万水千山，当作回到了家乡。一切只不过是梦境，或许是哭晕了之后的幻觉，或许是灵魂的穿越。

思念故乡，郁郁累累，为何乡愁积郁成垒，何至于此的纠结？主人公终还是道出了伤情的秘密——“欲归家无人”。家中的亲人都已不在，父母过世了，妻子已永远地离开。想回家是多少宦游、远游人的愿望，但最让人想回家的动力，是家中盼望归者的亲人，没有亲人等待的游子，家不成家，无家可归。

天涯何处是吾家，游子苦不堪言，愁肠九曲百节，节节寸断。

这是一首难得的乐府曲，首两句的意境便影响了很多人的诗风，既不写景，也不叙事，纯是肺腑之言，自是沁人肺腑。

难忍愁情，肝肠寸断

汉民歌《古歌》

秋风萧萧[①]愁杀人。
出亦愁，入亦愁。
座中何人谁不怀忧？令我白头。
胡地[②]多飙风，树木何修修[③]！
离家日趋远，衣带日趋缓。
心思不能言，肠中车轮转。

【注释】

①萧萧：寒风声。

②胡地：古代胡人居北方，故后即用以代指北方。

③修修：与“翛翛”通，鸟尾敝坏无润泽貌，这里借喻树木的干枯。

萧萧的秋风，以枯黄的面容及匍匐的姿势，演绎了人间最惆怅的情境。

秋风萧萧愁杀人，出亦愁，入亦愁，出来进去都是愁，没办法摆脱这愁云笼罩的樊笼。这首歌，不若叫“愁歌”罢，更加贴切。

诗人写愁，不但说自己愁，一众同侪亦同样“怀忧”，这忧愁如传染一样蔓延到了每一个人心上。浸泡在如此浓烈的愁情里，人已无力自拔，只能是耗蚀青春，耗着年华，愁白了头。

接着，诗所渲染的愁情又加一码：“胡地多飙风，树木何修修！”在胡人居住的北方，一年四季多数时间刮着风，有时还很狂烈，树叶败落，到处一派凄景。军人们至边疆征战和戍守，终日生活在风沙漫卷的环境里，人人厌战，想念家乡和亲人的情绪充溢了每个人的心房，漫罩了整个营地。

年复一年，日复一日，又到了秋风萧萧的季节，诗人难忍愁情，遂罄尽了他的愁情。

“离家日趋远，衣带日趋缓。”本是无时不惦记着早日回家，但戍守和征战一再地把他送向更遥的边远；由此增添的忧愁使他一天比一天消瘦，乃至于衣带松到了挂不住腰。就是这朴素的一句，才最真切地传达了他的苦处，而这苦楚却不能言喻，搅得他肝肠寸断。

真正的幸福是有人在牵挂，有人在想念，有人在憧憬，有人在等待，失去了这一切，便沦为无根浮萍、天涯游子，又怎么快乐得起来。

身无所寄，心无所属

汉乐府《古八变歌》

北风初秋至，吹我章华台①。
浮云多暮色，似从崦嵫②来。
枯桑鸣中林③，络纬④响空阶。
翩翩飞蓬⑤征，怆怆⑥游子怀。
故乡不可见，长望始此回⑦。

【注释】

①章华台：楚国离宫名，在今湖北潜江县西南，鲁昭公七年（前535）楚灵王所建。

②崦嵫（yān zī）：山名，在甘肃天水市西，下有虞泉，古代传说是日所入处。

③枯桑鸣中林：秋日林中的枯桑飒飒作响。

④络纬：一名“莎鸡”，秋季鸣虫，因其声如纺线，故俗称“络纱娘”“络丝娘”。

⑤飞蓬：草名，《商子》曰：“飞蓬遇飘风，而行千里。”

⑥怆怆：悲貌。这两句是以飞蓬的顺风飘扬，喻游子的千里流荡，触景伤怀，怆然而悲。

⑦此回：此次。

以《八变歌》为题的乐府诗流传下来的止此一篇，“八变”的意义已无法考究，作者大约是汉末一位佚名的文人。

诗中写景的篇幅所占比重很大，并带进了某种寓意，这种以景喻物的诗在乐府诗里并不多见，具有很强的艺术感染力。

“北风初秋至”，正是北风扫落叶、物象星移的时节，头戴纶巾、身背书箱的书生登上了章华台（今湖北潜江）。昔年楚灵王建造的这座宏丽的离宫如今已经破败，楚襄王会诸侯的盛况早成烟云，书生来此不是为了吊古，而要上到高处一望故园，排遣思乡的愁怀。

登高遥望家的方向，撩起了书生对故园往事的诸多怀思。不知不觉中太阳已西斜，只见暮色里浮云飘流，似从崦嵫而来。“崦嵫”是传说中日落没入的山峰，那里是太阳的家园，书生见那崦嵫山的暮色里涌出了一簇浮云，色彩浓重，上浮天际，继又向远处游荡而去，心中涌起异样的感觉，那浮云不正是自己这名游子吗？那暮色不正如此时自己的愁情吗？

抬望眼，高天暮云流走，西极的崦嵫山吹来晚风，楚天千里，暝色苍茫，境界空旷，自己这一个体在天地间显得那样渺小，于是孤独寥落之感油然而生。

当此日落晚天时，他恍觉自己是天上的一朵云，由风主宰，飘无根系，无可奈何。偏偏此时悲凄的秋声也来赶趁愁情——地上的林木摇落，枯败的桑树被风吹得沙沙作响；章华台的路阶下传来秋虫的声声悲鸣，一派清秋的衰落气氛增添了凄凉。

此景触动他黯然神伤，又觉得自己更像一只飞蓬，随风翩舞，不知落到何处，停在哪里。他把浮云和飞蓬两种飘游的事物都想象成自己。远离家乡的痛苦已把他折磨得神思迷幻，不知把自己比拟成什么更恰当，正如他自己所说，“怆怆游子怀”，在外流浪的人不但身无所寄，心也无所属。如今在章华台所见的是远天、浮云、暮色、枯桑、衰草，入耳的是哀鸣的秋虫声，袭身的是缕缕秋风，唯独故乡不可见，只好久久地伫望，希望眼神能穿透暮色，及至家园的影子。

家乡的影子，像牢牢的绳索，像无形的隐痛，牢牢地羁绊着离人。

归来时，物是人非

汉民歌《十五从军征》

十五从军征，八十始得归。
道逢乡里人：“家中有阿谁？”
“遥看是君家，松柏冢①累累。”
兔从狗窦②入，雉③从梁上飞。
中庭生旅谷，井上生旅④葵。
舂谷持作饭，采葵持作羹⑤。
羹饭一时熟，不知饴⑥阿谁。
出门东向看，泪落沾我衣。

【注释】

①冢：坟墓。

②狗窦：给狗出入的墙洞。窦，洞穴。

③雉：野鸡。

④旅：旅生，植物未经播种而野生。

⑤羹：黏稠的浓汤。

⑥饴：通“贻”，送，赠送。

古老的村子里出现这样一幅画卷：尘土满身的枯槁老人，伫立在盼望六十五年却已是一派荒冢的“家”面前，伫立在幻想中的庭园整洁、炊火旺旺、亲情融融之前，眼中泪水狂涌，扑簌簌洒落在破旧的征衣上……

贺知章在《回乡偶书》写道：少小离家老大回，乡音无改鬓毛衰。儿童相见不相识，笑问客从何处来？

幼年离家，暮年而归，尚且有人笑问，而许多征人少年离家，再归来时，早已物是人非。战争，改变了往昔的一切。

“十五从军征，八十始得归。”这首没有作者的民歌《十五从军征》，作者大概是千千万的征人，道的是一路心声。主人公十五岁被征召参军，几十年的征战一直没法回家，乃至到了八十岁才回到阔别的故土。六十多年过去，翩翩少年已垂暮，心自凄凉。

欣喜的是，他在村头碰见一位儿时的邻居，依稀留着当年的模样，他急切地问老邻人：“家中有阿谁？”漫长的岁月已逝，亲人必已变故，房舍不知怎样，一句盼知又怕知的询问，是他六十五年的渴望，他早不奢望家人都健在，有一两个活着的已经满足。然而，老邻居给他的却是冰水灌顶。世事就是如此残酷，他遥看家宅院处，已是松柏环绕的一片坟墓。家人早已全都亡故，原来的家园变成了松柏森森的坟场，亲人们就在那一片死寂的坟墓里。

或许仅是一直要回家的信念维系他活到了现在，可是亲人全赴九泉的现况，让他难以接受。走到家门前，见到的是野兔从狗洞里出进，山鸡在屋脊上飞来飞去，野生的谷物和蔬菜遍布原来的庭园，这与野外荒冢有何区别！人去屋颓，一派荒芜。

他怀着悲哀、噙着泪水重温一下家的味道——用野生的谷子捣掉壳来做饭，采下野葵叶来煮汤，多有家的意味，也许儿时母亲就是这样把他养大。汤和饭一会儿都做好了，他却“不知饴阿谁”，家人都已去世，谁还能和他一起吃饭呢？

翻看着乐府卷，眼之所至，窥到的尽是浓烈的爱情，入骨的相思，像眼前这般寄语乡愁的垂暮之言，几乎不曾一见，而乡愁得解的那一刻，早已没有能够寄托乡愁的所在，这才是最悲哀的吧。与骨肉亲人的生离，诚然是最悲伤的事情之一，死别却更让人难堪。

乡愁是一棵没有年轮的树

北朝民歌《紫骝马》

高高山头树，风吹叶落去。
一去数千里，何当还故处！

一叶知春秋，小小的一片落叶，负荷了人类许许多多的情怀，或是生命盎然的象征，或是年华迟暮的哀愁，或是悲秋的情怀，或是怅惘的苦情。人在远离家乡时，也习惯用落叶来诉说归根的夙愿，述说对亲人的念想。

一片叶子的飘零，引人百种情思，千般惆怅。

高高山头树……这浅白的四句，要诉说的不知是怎样的故事。

高耸的山峦上，生长着一片树林，枝叶繁茂，树丛葳蕤。可是星移斗转，秋肃来临，霜寒残忍地把树叶杀落，留恋母亲的叶子又被无情的冷风吹走，带着对树木的思念无奈地飘向远方，去了数千里外。然而，这一片树林终是它的故乡，那棵承载着它的树依然是它的港湾。叶子万分悲苦，在狂风暴虐面前无力反抗，被那强力裹挟着竟然越来越遥远，无法凭着自己的力量飘还到几千里外的故乡。

离别后，乡愁是一棵没有年轮的树，永不老去。

在乐府诗里，思乡情多数情切哀怨，直抒胸臆，这首诗却通篇用比兴，隐蔽真实情状，大概是跟时政有关。北朝时期，长期兵连祸结，少数民族军帅为掠取兵源和劳力，一再大规模迁移民众。《资治通鉴·晋纪》载，后赵大将石聪“虏寿春二万户以归”；《晋书》载，石勒“徙氐、羌十五万落于冀州”。这首诗很可能是被迫迁徙的民众的思乡之歌，如果直言倾吐，或者会引来杀身之祸，唯有借小小的叶片以寄托伤感。

诗人的笔下，叶子不总是寄托乡愁，也有快乐的意味。比如，唐人于佑在宫廷御河流出宫外的水面上捡到了题诗的红叶，他便以红叶题诗“曾闻叶上题红怨，叶上题诗寄阿谁”，在御河上游把叶子漂流进宫城。几年后，于生有幸在皇帝遣放的宫女中娶到一名韩姓美人，结果美人就是当年题诗红叶的宫女，她还收到了于生的红叶复信。

这片红叶，承载了有缘人的爱情。闺中的红叶有爱情，高山上的叶子有的是离别的悲情，两厢里比较，高山之叶的乡情反倒更能引发深深的共鸣。

遥望江南路

汉民歌《步出城东门》

步出城东门，遥望江南路。

前日风雪中，故人从此去。

我欲渡河水，河水深无梁①。

愿为双黄鹄②，高飞还故乡。

【注释】

①梁：桥。

②黄鹄：传说中的大鸟，一举千里，仙人所乘。

江南，清幽的小镇，静停的木船，片片的枫叶，潺潺的流水，优雅的行人，哪怕只是“江南”二字，已经代替了一切美感，在人的脑海里，自动钩织了画面。

是了，江南的春天水碧如蓝，夏日雨打芭蕉，还有三秋桂子，十里荷花，如果哪位游子的故乡在江南，离开了如此美好的地方，心中不知该是怎样的滋味。

朔风漫卷，雪花飘飞，诗中这位身在北方的游子，心一直被远在江南的故乡牵绊，寒冷的冬季更让他怀想江南的温暖宜人。这天，“步出城东门，遥望江南路”，不由得百感交集，惆怅万千，想起昨日一位旧交好友回江南故里，自己置酒饯客，于北风夹着大雪的城外送行。

今日，望着那条被雪掩埋的路径，想着昨日故人的离别，仿佛那熟悉的背影还在前方，渐行渐远……而故人正是回去了他们的家乡。忽然，对故乡的思念如潮水般涌上心头，他想象着此时的江南——偶尔也刮北风，树叶不至脱尽，太阳爬上屋檐时大地就暖融融了，鸟雀便大声鸣叫，泥地里会散出腾腾水气，老人们在门前的空地上坐着晒背。

那是一种不能抗拒的温馨！

“我欲渡河水，河水深无梁。”游子很想渡过黄河水，但河水深而广，又没有过河的桥梁，无法实现回归的愿望。究竟是什么原因不能回乡呢？诗中没有给出答案，只是用黄河水深无桥来作为不能归乡的理由。“愿为双黄鹄，高飞还故乡”，诗的最后，为游子设想了一个乌托邦似的回家方法。

关于“黄鹄”，其实还有一段渊源。

春秋时齐国公子小白接受了鲍叔牙的推荐，准备对管仲委以重用。当时管仲正被鲁国囚禁，小白假说为报当日箭射带钩之仇，请鲁国把管仲发送齐国。发送路上，管仲写下了《黄鹄》歌：“黄鹄黄鹄，戢其翼，絷其足，不飞不鸣兮笼中伏……一朝破樊而出兮，吾不知其升衢而渐陆。”意思是，黄鹄被囚禁笼中，有朝一日会破网而出，飞翔于山林之间，翱翔在大地之上。《步出城东门》中，游子把自己想象成了被囚禁的飞鸟，希望撞破樊笼，展翅高飞，他并非如管仲一般，自我勉励，而是想追随故人一直回到久违的江南，那里才是自己翱翔的万里长空。

猿啼声声，催人泪下

南朝民歌《巴东三峡歌（二首）》

巴东三峡巫峡长，猿鸣三声泪沾裳。

巴东三峡猿鸣悲，猿鸣三声泪沾衣。

《水经注》有云：“巴东三峡，谓广溪峡、巫峡、西陵峡也。自三峡七百里中，两岸连山，略无阙处。重岩叠嶂，隐天蔽日……”《宜都山川记》曰：“自黄牛滩东入西陵界，至峡口一百许里，山水纡曲，林木高茂。猿鸣至清，山谷传响，泠泠不绝，行者闻之，莫不怀土。”

前人说的没错，行客乘船在此峭壁屏列、水流纡曲中经过，听闻清猿哀婉的啼鸣，没有不心生愁、怀思故土的。

“巴东三峡巫峡长……”“巴东三峡猿鸣悲……”两首短歌，给云气缭绕的百里巫峡浓重地涂抹上了神秘凄婉的色彩——猿啼声声，催人泪下。

短歌并不描述三峡水路的危险难行，不叙说行人的悲凄心境，只撷取清猿啼叫和行人落泪两点加以咏唱，一个凄婉的声音，一个落泪的画面，便已经足够。文简而意丰，含蓄又深婉，诗意隽永，这位佚名的作者，必是有身临其境的深刻体会，才作如此妙吟。他该是为了营谋生活乘船上溯蜀地，船行到巫峡时，两岸夹山，江道曲折，水势湍急。船夫艰难地划桨，躲过一个个旋涡和一个个露在水面或水底的礁石，避过一个个危险。他此时已是提心吊胆，唯恐船只在激流中翻掉，已随时准备步入死亡。那个年代，在三峡乘船，可以说是冒着生命危险。

偏生如此险境的当口，婉转怪异的猿叫声响起，听在他的耳里竟是无比凄惨，顿时使他心增惊悸，转而倍觉凄楚，深感这趟上溯蜀地之行太过艰难，心生后悔。

李白写下“两岸猿声啼不住，轻舟已过万重山”的诗句时，是不是也受了这首《巴东三峡歌》曲调的影响呢？虽然诗意决然不同，可是猿啼的哀鸣，加上“山谷传响”，回声“泠泠不绝”，强烈地刺激着耳目，也刺激了游子脆弱的心，他更加后悔自己远离家乡亲人，跑到此地来涉险。

燕鸥不能越过大海到达彼岸，并不是羽翅不丰，而是彼岸没有等待它回家的细巢；人不能越过高山大河，历尽艰难险阻，是因为山海的这边有着深深的羁绊。无论是燕鸥，还是人，都甘愿被乡情牢牢征服。

卷七　几度风雨几度春秋

霜草春生秋死，人生短暂若斯，趁年轻时多做有意义的事，到死才不致叹息不止。

时间最是公平

汉・刘彻《秋风辞》

秋风起兮白云飞，草木黄落兮雁南归。
兰有秀兮菊有芳[1]，怀佳人兮不能忘。
泛楼船[2]兮济汾河[3]，横中流兮扬素波。
箫鼓鸣兮发棹歌[4]。欢乐极兮哀情多。
少壮几时兮奈老何！

【注释】

①兰、菊：比拟佳人。秀：此指颜色。芳：花的香气。

②楼船：上面建造楼的大船。

③汾河：起源于山西宁武，西南流至河津西南入黄河。

④棹歌：这里代指船。棹，船桨。

日映千里，汾水长流，袭人的秋风带着凉意卷起人的衣襟，吹散了天上缥缈的白云，又到了每年祭祀的大日子。汉武帝刘彻携一众大臣乘船到河东祭祀，飒爽的秋风使他骤发感慨，忍不住写下了这首《秋风辞》。

秋风起兮白云飞，两岸衰草随着风瑟瑟作响，一行行大雁向南飞去，声声鸣叫着，仿佛埋怨秋风何以太凉。虽只有秋风、白云、草木、飞雁，画面却从虚境到了有形，一幅秋气笼罩宇宙万物的宏景图施然展开，让人体会到一代雄主的开阔胸襟和雄浑气魄。后人常受此两句启发，吟出浩气流溢的诗章。

肃杀的秋天，惹得帝王也生情，这情不是豪气万丈，而是萧瑟中略带伤感。“兰有秀兮菊有芳，怀佳人兮不能忘。”兰草的秀丽、菊花的清香各有千秋，耐人品味，昔日宠爱的佳人如兰如菊，不能相忘。或许是他怀念起了金屋藏娇后废黜长门宫的陈阿娇，还是怀念起了倾城倾国却早亡的李夫人；抑或仅仅是慨叹人生青春短浅，如兰花秋菊般禁不住秋风的扫荡。

时间如流水，逝水似无情，两岸青山依旧在，人却已是夕阳红。

回过头来，再看华丽的楼船沿着汾水上溯，护卫的船只旌旗蔽日，河水翻滚，漾起白色的光波，船楼内宴饮酣畅，乐工歌伎齐忙，箫鼓清鸣，舞姿曼妙，有人还唱起了高亢豪迈的摇船曲。这是极致的喧闹，只有皇帝才能享受得到的盛大畅游，不过，依然洗净不了时间的铅华。此时的刘彻年事已高，秋风提醒了他壮士已至华暮，尽管大半生享受江山美人，到头来终还是得老去。然而，最后的两句也流露出了岁月无情、及时行乐的意味，又回归到了帝王难以摆脱性格桎梏，似成了这首好辞的终极败笔。

时间最是公平，无论是荣华富贵、智慧无双、青春貌美，在时间的天平上，从来占不到任何便宜，哪怕是叱咤风云的帝王。

盛世华章，与众不同

三国·魏·曹操《短歌行》

对酒当歌，人生几何？譬如朝露，去日苦多。
慨当以慷，忧思难忘。何以解忧？唯有杜康[1]。
青青子衿，悠悠我心[2]。但为君故，沉吟至今。
呦呦鹿鸣，食野之苹。我有嘉宾，鼓瑟吹笙[3]。
明明如月，何时可掇[4]？忧从中来，不可断绝。
越陌度阡，枉用相存。契阔谈讌[5]，心念旧恩。
月明星稀，乌鹊南飞。绕树三匝[6]，何枝可依。
山不厌高，海不厌深，周公吐哺，天下归心。

【注释】

①杜康：相传是发明酿酒的人，这里作酒的代称。

②青青子衿（jīn），悠悠我心：出自《诗经·郑风·子衿》。

③呦（yōu）呦鹿鸣，食野之苹。我有嘉宾，鼓瑟吹笙（shēng）：出自《诗经·小雅·鹿鸣》。

④掇（duō）：拾取；摘取。

⑤讌（yàn）：同“宴”。

⑥匝（zā）：周；圈。

对酒当歌，人生几何，踟蹰前进的人生路上，有多少看客懂得什么是最好的时光、最绚丽的岁月。人的一生太过短促，时光易逝，日月如梭，好比早晨的露珠，存在的时光无多。“朝菌不知晦朔，蟪蛄不知春秋”，浮游之于自然，人类之于时间，往往都是生命苦短，不能解脱。

可以排解的，唯有一壶浊酒，将生来死往、古今世事都付谈笑中。

曹操的这首《短歌行》，已不能用简单的“好”字来形容，洋洋洒洒的开头，豪情壮志的收笔，丝毫不输于汉高祖《大风歌》的气魄。

“短歌行”是汉乐府曲调的名称，多是用于宴会场合的歌辞，这首诗正是作于宴会上。曹操一生志在治国平天下，正如他自己所说，“不戚年往，忧世不治”。此时重权在握的他当着酒桌众人唱出了这八句，看似叹息时光易逝，实是慨发苦语，告诫在座的之人，人生短促，时不等人，唤众人与他一道抓紧时间推进治世大业。

借着酒劲，他大发求贤若渴的感慨和招揽能人的昭告：“穿着青领学士服的才子，令我的心朝夕思慕。正因你，我一直低唱着《子衿》的求贤歌。”接着又借《诗经》喻示自己的诚意——鹿群呦呦叫着，啃食山上的绿草。有贤才快光临舍下作客，将鼓瑟吹笙给予隆重的礼遇。明月一样的才士何时才能求得？令他心急忧思不能断绝。

歌行至此，他又唱给远来的朋友：远方的宾客行过崎岖的小路屈驾前来看望我，相互谈起久别重逢的心曲，诉说起往日的诸多情谊。他由衷感谢远道赶来的贤士能够屈尊相从，心中获得莫大的快慰。正所谓良禽择木而栖，世上还有大批能人仍在歧路徘徊，像南飞的乌鹊正择木而栖，他们绕树三匝，还在犹豫选哪棵树做归宿。于他而言，山不厌高，海不厌深，人才更不嫌多，若是贤才愿意投奔他，他愿如周公一般礼贤下士，得英杰真心。

曹操作此诗时正值赤壁大战前夕，对于他来说，孙权势弱，胜败已无悬念，打败东吴之后天下归一，四海升平。如若开辟此种局面，必然是欣喜的。此处暂且撇开赤壁之战的结果不谈，未打大仗前夕，曹操所吟的这首短歌，一来表示凌云壮志，激发下属的豪情；二来也是心思纠结，以表情怀和决定。

他为什么会纠结呢？恐怕是他一方面想要实现功名和抱负，又怕落得董卓一样篡改汉庭的千古骂名；一方面怕自己的部将不能信服汉帝，造成朝廷混乱，又怕自己称帝之后天下再次陷入战乱。他的内心一直在战斗，不曾熄火。不过，诗歌吟毕，酒已喝完，他的歌声给出了最终的答案：做周文王一样的人，自己不称帝，让自己的部下辅佐曹氏后代称帝。

用心良苦的父亲、居心叵测的权臣，曹操将自己的角色扮演得如此酣畅淋漓，一代枭雄，从始至终也要演绎自己的盛世华章，与众不同。

光阴渐逝，去不再回

汉乐府《长歌行·青青园中葵》

青青园中葵①，朝露待日晞②。
阳春布德泽③，万物生光辉。
常恐秋节至，焜黄④华叶衰⑤。
百川东到海，何时复西归？
少壮不努力，老大徒伤悲。

【注释】

①葵：蔬菜名，我国古代重要蔬菜之一。

②晞：天亮，引申为阳光照耀。

③德泽：恩惠。

④焜（kūn）黄：形容草木凋落枯黄的样子。

⑤华：同“花”。衰：读“cuī”。

春日清晨里，园中葵挺拔秀直，充满生机和活力；青青的葵叶上含满了露珠，晨起的阳光照耀得它们闪闪莹莹。亭亭园中葵，正像挺拔的青春少年，焕发着浓浓的年轻气息，可是，它也会老去；叶上的露珠虽是晶莹剔透，等到太阳升高的时候，它们会很快被蒸发掉，生命犹如流星一样短暂。

园中葵和叶上露如此，自然的生命都要遵从这个规律：当春天的阳光把温暖布满大地的时候，万物都焕发出勃勃的生机；秋天一来，所有花草树木在寒霜冷风的摧折下都衰败。春日里，整个自然界闪耀着生命的光辉，然而，哪一个不是在秋天里像美丽的花叶一样衰败。

大自然的生命节奏就是如此，人类安能不从。青春正如四季中的春天一样美好，转眼春去秋来，青春至壮年，老年至归寂，不可移易的自然法则，任何人无以免除凋零。“常恐秋节至”，正是对“青春”稍纵即逝的拳拳告诫。

时间像东流的江河，一去不复返。人也同样老死不能复生。在永恒的规律面前，一切显得无力。光阴渐逝，去不再回，时不等人，若是少壮不努力，唯有老大徒伤悲。最后这一结论，如警世钟一样长鸣——年少时如不珍惜时间努力向上，到老时只能是空余悔恨和悲伤。

时光是海上的风帆，来也匆匆，去也匆匆，它只能做每个人心上的底片，想起时回头翻看，却不能重现。趁着年轻的大好时光做应该做的事，才不辜负上天送给我们的青春年华，让生命绽放永恒的芳菲。

这是一首千古留名的诗，《乐府解题》却说它是“言芳华不久，当努力为乐，无至老大乃伤悲也”，把“努力”理解为“努力为乐”，确实曲解了诗的原意。

及时行乐才是真

汉民歌《古诗十九首·驱车上东门》

驱车上东门[①]，遥望郭北[②]墓。白杨何萧萧，松柏夹广路。
下有陈死人，杳杳即长暮[③]。潜寐[④]黄泉下，千载永不寤[⑤]。
浩浩阴阳移[⑥]，年命如朝露。人生忽如寄[⑦]，寿无金石固。
万岁更[⑧]相送，圣贤莫能度[⑨]。服食求神仙，多为药所误。
不如饮美酒，被服纨与素[⑩]。

【注释】

①上东门：东汉京城洛阳，共有十二个城门，东面三门靠北的叫“上东门”。

②郭北：城北。

③杳杳：幽暗貌。即：就，犹言“身临”。长暮：长夜。这句是说，人死后葬入坟墓，就如同永远处在黑夜里。

④潜寐：深眠。

⑤寤：醒。

⑥浩浩：流貌。阴阳：古人以春夏为阳，秋冬为阴。

⑦人生忽如寄：这句是说，人的寿命短促。

⑧万岁：犹言“自古”。更：更迭。

⑨度：超过，犹言“超越”。

⑩纨与素：指绸缎等贵重丝织品。

东汉末年群雄割据，导致社会陷入大动乱时代，一些生活充裕却苦无政治出路的文人感时伤事，这首诗便表达了他们的颓废情绪和消极世界观。

洛阳的北邙山自古时起就是墓地。诗人驱车从上东门出了城奔向莽莽北邙山，他去此处是为故人做祭奠，一路上心潮不平，远远望见邙山墓地的树木丛生，气象森森，不觉悲从中来。山上的白杨树于寒风中萧萧瑟瑟，路边松柏密布以致遮蔽了阳光，北邙山看上去是那样阴暗可怖。

遍野的墓地荒丘映入眼帘，一个个墓中人不知谢世了多久，又是谁家中人。眼前此景，诗人不禁感叹，人的死去似堕入漫长的黑夜，浩浩渺渺，烟波雾霭，黄泉千载，不得醒来，实在可怖可惧。年年春夏秋冬交替，岁岁时光轮转流移，人的生命如早晨的露水，一经光照便散失到空气中，短暂渺小。人这一生匆匆如住一夜旅店，第二天便客去楼空，或换下一个人停留，而前人早已入土。

许多帝王将相不甘于老去，服食丹药求长生不死，反而被药物毒死，过早送掉了性命。与其奢求千年万岁，不若喝好吃好，只图眼前一时快活。

诗人几番对墓思谋，顿悟人生道理：及时行乐才是真。

然而，诗人的这份消极是不可取的。既然知道生命不可预测和短暂易逝，所以世上才有了“一寸光阴一寸金”的慨叹，有了“老骥伏枥，志在千里；烈士暮年，壮心不已”的雄心壮志。生命的价值绝不是叶上滴露，稍纵即逝，任何人的存在都有其价值，或是给人欢喜，或是消解烦忧，既然来这世上走一遭，好也罢，坏也罢，为什么不用心而活呢？

人在天地如行客

汉民歌《古诗十九首·青青陵上柏》

青青陵[①]上柏，磊磊涧中石。人生天地间，忽[②]如远行客。
斗酒相娱乐，聊厚不为薄[③]。驱车策驽马[④]，游戏宛与洛[⑤]。
洛中何郁郁[⑥]，冠带自相索。长衢[⑦]罗夹巷，王侯多第宅。
两宫遥相望，双阙百余尺。极宴娱心意，戚戚何所迫？

【注释】

①陵：本义指底边为四边形的大土山，引申指帝王陵墓。

②忽：急速。

③薄：少，寒酸。

④驽马：不能快跑的劣马。

⑤宛与洛：宛，今河南南阳，东汉的“南都”。洛，今河南洛阳，东汉的京城。

⑥郁郁：比喻繁华景象。

⑦长衢：大街。

帝王将相，公侯子爵，凡人禽畜，飞鸟鱼虫，在时间面前生命不分贵贱，有了不能改变的对等。

青青的陵墓上，松柏郁郁葱葱，清幽的山涧里，磊磊的青石随处可见，一切都遵循着自然的生长生存。但凡生命，如同落叶归根，死后同样被深埋在地下，或成为自然的浮游。即便是帝王的陵墓，除了松柏大小不同，和凡人又有什么区别呢？

人在天地之间，好像匆匆的远行客一样，容颜易老，生命易逝，寄世一遭，死即为“归”，因而产生了及时行乐的想法：所谓行乐，不外乎喝酒唱歌，吃喝豪赌。

“斗酒相娱乐，聊厚不为薄。驱车策驽马，游戏宛与洛。”

酒虽“薄”，完全可娱乐，姑且认为是厚酒吧；驽马虽劣，也可以驾车出游，不必嫌它不如骏马，依然可以乘坐老马车在宛、洛等地畅游。

这才是真正的对酒当歌，及时行乐。

接着，诗人由自己的驽马、破车想到了洛阳城里的达官贵人。那些戴着官帽穿着锦衣的贵人勾肩搭背、互相探访；大路两边夹杂着小巷子随处可见帝王贵族的宫殿瑶池、豪奢宅第，还有那巍巍的南北宫殿，望楼高达百尺。

达官显贵互相探访，无非是趋势利，谋职位，追逐更奢靡的生活；豪奢的宅第、高大的宫殿，无非是公侯子爵笙歌玩乐的场所。他们穷奢极欲，尽情玩乐，到底是被什么所迫，要如此浪费年华？还不是因为惧怕死期，落得青冢一枚，因而尽可能享受眼前的荣华富贵，美酒佳肴。

面对如此极尽享乐的世人情景，诗人的最后一句还隐含着这样的自问：世上还有什么值得我心戚戚呢？

劝人及时行乐的诗，在乐府集中极为少见，即便是在古诗十九首中，亦是唯一一首基调颇为消极的诗歌。但若把这种思想反转过来思考，诗歌的韵味和奇妙自现。

人生不满百，常怀千岁忧
汉民歌《西门行》

出西门，步念之[1]；今日不作乐，当待何时。
逮[2]为乐！逮为乐！当及时。何能愁怫郁[3]，当复待来兹[4]？
酿美酒，炙[5]肥牛。请呼心所欢，可用解忧愁。
人生不满百，常怀千岁忧。昼短苦夜长，何不秉烛游？
游行[6]去去如云除[7]，弊车羸马为自储[8]。

【注释】

①步念之：边走边想。

②逮：及，引申为抓紧。

③怫：愤怒。郁：愁闷，心中苦闷。

④来兹：来年。

⑤炙（zhì）：烧烤，把去毛的兽肉串起来在火上薰烤。

⑥游行：遨游。

⑦除：改变，变换。引申为更迭，移走。

⑧弊车羸马为自储：破车瘦马需要自己准备。

什么是人生？它就像太阳朝升西落，朝日是青春，午日是壮年，落日是暮年。是富人还是穷人，生命照样苦短，何必对世事纠缠，不若去享受当下的点滴，哪怕一点乐处，足以感染一生。

什么又是乐？自酿一坛美酒，烤上几块肥牛肉，找几个臭味相投的朋友在一起喝酒聊天。有时幸福很简单，一碗酒，一碗肉，有人可以任你唠叨，所以东汉的才子孔融有言：“座上客常满，樽中酒不空，吾无忧矣。”酒饭十足，有友傍身，何惧之有。

这首《西门行》，唱出的正是及时行乐的豪言。诗人走出大西门，夕阳西下勾起了他对人生的忧思。一边走一边想，生命何其短暂，即便贫穷也需要想着行乐，好比太阳要西沉，生命即使消逝，依然要留有余晖。

“人生不满百，常怀千岁忧。”一生再久也不满百岁，眼前的事都管不了那么多，何必忧虑千年以后的事？既然老是埋怨白天是如此短暂，黑夜是如此漫长，那么何不拿着烛火，日夜不停地欢乐游玩？人生应当及时行乐才对，何必等到来年？

匆匆数十载，不如忘却忧愁，尽情游玩，好似乘云游仙，弊车羸马，弃置家中，哪管明日凄凉！

这首歌是一位贫穷者最后的畅想，像陌上花开，开得挣扎绚烂。有想要醉一场的希冀，也有认清现实后清醒的痛苦，虽说着忘忧愁，实则字字皆忧愁，所有及时行乐的豪言化作徒劳的想象，道出了时代的悲哀。

珍惜大好年华

南朝民歌《子夜歌·年少当及时》

年少当及时，蹉跎日就老。
若不信侬语，但看霜下草。

时光看着像与你缱绻缠绵，但走时从不留恋。人在年少是最不吝惜时光，盼着快快长大，成长成熟，脱离幼年的桎梏，飞向没有轨迹的远方；有的人对青春毫不珍惜，任意挥霍美好的年华，暮年之后，垂垂老矣，回首遥望过往，才知自己不过匆匆行客，未在来路留下痕迹，那时惋惜，早成不堪的追忆。

唐时杜秋娘演唱的一曲《金缕衣》让人共鸣："劝君莫惜金缕衣，劝君须惜少年时。花开堪折直须折，莫待无花空折枝。"该要珍惜青春时，花开宜折就须折，不要等到花谢时，才去折了那残花败柳的空枝。

曾有一段影像，是那样触目惊心。第一影像，是孩子在凸起的母腹中蛹动；第二影像，转为孩子在地上欢笑匍匐；第三影像，人已经长大，行色匆匆；第四影像，结婚生子，为生活奔忙；第五影像，时人已变老拄棍，身形佝偻；第六影像，垂死挣扎，躺在床上死去。人的一生，仿如经历了南柯一梦，譬如蝴蝶，用长久的时光化蛹成蝶，用一日的时光从生到死。"蹉跎日就老"，让人恍惚见到了人的日渐老去，如此想来，竟可怕至极。

现代文学家朱自清的散文《匆匆》说得极是形象：“洗手的时候，日子从水盆里过去；吃饭的时候，日子从饭碗里过去；默默时，便从凝然的双眼前过去。我觉察他去的匆匆了，伸出手遮挽时，他又从遮挽着的手边过去，天黑时，我躺在床上，他便伶伶俐俐地从我身上跨过，从我脚边飞去了。”

不珍惜年少的时光，蹉跎了不该流逝的岁月，你所失去的时光将永远捉不回来。

这首诗中所传达的思想，便是盼望着人们珍惜大好年华，正如霜下的青草，春天的时候蓬蓬勃勃，待到秋霜落下，就被冻得枯萎死去。霜草春生秋死，人生短暂若斯，趁年轻时多做有意义的事，到死才不致叹息不止。

卷八　离人挥霍着眼泪

在漂泊的岁月想起故乡，却忘记了旧人的模样。游子何曾爱流浪，还不是没有栖息的屋檐和等待他们回家的身影在远方。

手足忠魂埋骨他乡

汉民歌《战城南》

战城南，死郭北，野死[①]不葬乌可食。

为我谓乌：且为客豪[②]。野死谅不葬，腐肉安能去子逃[③]？

水深激激，蒲苇冥冥。枭骑[④]战斗死，驽马[⑤]徘徊鸣。

梁筑室，何以南？梁何北[⑥]？禾黍不获君何食[⑦]？愿为忠臣安可得？

思子良臣[⑧]，良臣诚可思：朝行出攻，暮不夜归！

【注释】

①野死：战死荒野。

②豪："嚎"的借字，今通作"号"，号哭。

③子：指乌鸦。余冠英说："古人对于新死者，须行招魂的礼，招时且号且说，就是'号'。死者要求乌鸦先为自己招魂，然后再吃。"

④枭骑：勇健的骑兵战士。

⑤驽马：劣马。

⑥梁筑室，何以南？梁何北：桥上构筑了营垒，河南、河北的交通断绝。梁筑室，指战争中在桥上构筑工事营垒。

⑦禾黍：泛指田野种植的谷物。这句是说，战争影响生产，禾黍不获，租赋则无所出。

⑧子良臣：指战死者。

城南战，城北战，一座城市的轰然倒塌，是千万的生灵用鲜血浇灌。许多人在战斗中死亡，曝尸荒野，引来乌鸦啄食，诗人忍不住对乌鸦悲鸣："战死在野外没人会为我们埋葬，既然逃不掉，要成为你们的果腹之物，在吃我们外乡的战士前，请为我们悲鸣几声！"

清澈透明的河水在不停地流淌着，茂密的蒲苇草显得更加葱郁。勇敢的骑兵在战斗中牺牲，但早已疲惫的马仍在战士身旁徘徊。在桥梁上构筑营垒工事，人们连南北也分不清了。

所有的镜头，皆处于荒凉，视角里所见的，都是死亡。这是一首书写死亡的歌，亦是对战争残酷的控诉。东汉末年的征战令千万被征兵入伍的战士或是不能归家，或是战死沙场。他们的生存环境极其恶劣，不但要面对敌人的残酷进攻，更要面临没有军粮供给的恐怖。土地没有人种植，田园没有人耕收，连禾黍都不能收获，更何况保家卫国？

最后四句，是诗人对死难士卒的哀悼，可怜那些牺牲的人，早晨还一同征战，晚上却未能同归，命不由己，己不由天，悲哀莫大于此。

《战城南》是乐府旧题，属《汉鼓吹铙歌十八曲》之一。今存的这首《战城南》是为在战场上阵亡者而作。狼烟卷起，剑气如霜，多少手足忠魂埋骨他乡，战争如此残酷和悲伤，诗人用血泪写下的诗歌，仅仅几句叹息，胜过千言万语的控诉。

战斗的机器

北朝民歌《企喻歌》

男儿可怜虫，出门怀死忧。
尸丧狭谷中，白骨无人收[①]。

【注释】

①《古今乐录》认为三、四句原本是“深山解谷口，把骨无人收”；又说原诗后还有五、六句：“头毛堕落魄，飞扬百草头。”

男儿本自重横行，纵死犹闻侠骨香。每个男人心中都有一个侠客梦，想一路侠客行，十步杀一人，千里不留行。偏偏这首诗，男儿却成可怜虫，何以至此地步？原是战争打破了长刀所向的侠骨情。

北朝社会最突出的现象就是不休的战争，整个北朝的历史就是一部战争史。男人不过是战斗的机器，一旦成年便一生陪伴战争，九死一生。活下去的渴望，对家人的情感牵绊，使出征的战士每一刻都在死亡的恐惧中徘徊，无人能够例外。更加现实可怕的是，“尸丧狭谷中，白骨无人收”。

一场战征下来，千万人死亡，尸横遍野，血流成河，而下一场战争很快要来临，未死的人连埋葬同伴尸首的空暇都没有。无论敌我双方，战死的人都暴尸荒野，任山乌啄食，任日晒雨淋，无处安身，连灵魂都不能归家。难道，这还不够可怜吗？

杜甫在《兵车行》中写道："信知生男恶，反是生女好。生女犹得嫁比邻，生男埋没随百草。君不见青海头，古来白骨无人收。新鬼烦冤旧鬼哭，天阴雨湿声啾啾！"

大好男儿会发出"可怜虫"的凄苍自嘲，也是情有可原。

北朝统治者与被统治者之间的尖锐矛盾使得战争异常酷烈，无数的生命成了拉锯式鏖战的牺牲品。这首诗便是当时各族人大量死于战争的真实写照，里面饱含了极大的反战情绪。

本诗原列在《企喻歌》第四篇，有人认为，作者所要表达的是崇尚勇武，诗的本意是贬斥"出门怀死忧"的人为"可怜虫"，宣扬的是"战士何妨弃尸荒野"的铁血精神。理由是今存《企喻歌》四首，前三首都是豪放之语，这首也是同样。但仔细读来，诗的前后无一字体现壮怀激烈，无一丝尚武痕迹，"尚武"的理解失之牵强。

其实，四首《企喻歌》是后人收集在一起，不是一人一时所写，不必勉强看成整体。仔细揣摩诗中韵味，传达的意思是战争如暴龙疯虎般可怕，奉劝人们不要再为战争而做无谓的牺牲。

一出人间悲剧
汉民歌《妇病行》

妇病连年累岁，传呼丈人[①]前一言，当言未及得言，不知泪下一何[②]翩翩。“属[③]累君两三孤子，莫我儿[④]饥且寒，有过慎莫笪笞[⑤]，行当折摇[⑥]，思复念之！”

乱[⑦]曰：抱时无衣，襦复无里[⑧]。闭门塞牖[⑨]，舍孤儿到市。道逢亲交，泣坐不能起。从[⑩]乞求与孤买饵。对交[⑪]啼泣，泪不可止：“我欲不伤悲，不能已。”探怀中钱，持授交。入门见孤儿，啼索其母抱。徘徊空舍中，“行复尔耳！弃置勿复道[⑫]！”

【注释】

①传呼丈人：呼唤丈夫。丈人，古时对年高男子的尊称，此指丈夫。

②一何：何其，多么。

③属：同“嘱”，嘱托。

④莫我儿：不要让我的孩子。

⑤过：错，过错。笪笞：两种打人用的竹器；这里作动词用，鞭打之意。

⑥行当折摇：即将夭折。

⑦乱：乐章的最后一段，犹尾声。

⑧里：夹里，衬里。

⑨牖（yǒu）：窗户。

⑩从：牵，拉。

⑪交：即上“亲交”。

⑫行复尔耳！弃置勿复道：这两句是说，不用多久，孩子的命运亦将如其母一样，又何必再多说呢？另一说法：末句为乐工口气，古乐府中亦常有此类例子。行，即将。复，又要。尔，如此，这样。弃置，丢开。

一起走过了时光的平平仄仄，跨越了人间的沟沟坎坎，才明白，或遇见，或停留，最终都会在风尘中离散。所以，死亡不过是为了从头再来，更是一种解脱，而留下的那个人，往往才痛苦难当。我们索性把这首诗看作是一首夫妻死别的悼词，打开了一户人家的悲惨世界。

故事从久病将死的妻子将丈夫叫到床前留下遗言开始，“属累君两三孤子，莫我儿饥且寒，有过慎莫笪笞”，虽是寥寥几句，慈母爱子情，让人千百次唏嘘。如若她能自己去做，她便不必哀求丈夫照顾尚在年幼的子女，如若可以，她也不希望先走一步。

一个将死的女人对丈夫嘱托无非是两件事：一是免让孩子挨饿受冻；二是孩子有错不要打他们。生前已是贫病无奈，病入膏肓的她没有保护孩子的能力，只能在殷殷地寄望丈夫代劳。人世间万般苦情之最苦，就是与骨肉被迫分离。

妻子死后，丈夫带着孩子的生活更加凄惨。“抱时无衣，襦复无里”，丈夫要抱孩子去市上买点吃的果腹，孩子唯有短小单衣不能御寒，只得关门堵窗地把孩子扔在家里，请求亲友出钱为孩子买吃的东西，自己到外面谋生。干完了白日的工作，丈夫还要赶回家看孩子，回到家中，见到孩子哭喊着要找母亲，亡妻的男人情何以堪。

“徘徊空舍中”，一句话道出父亲疾首蹙额、徒呼苍天的凄惶，同时也让人看出了家徒四壁的饥寒交迫。他只有仰天长叹，“行复尔耳！弃置勿复道！”想到孩子会像妻子一样死去，实在无法再说下去、想下去了。

女人托孤、男人买饵、幼儿索母，诸多情结扭成了一幅心酸的画面，听觉、视觉的描绘交织在一起，演绎了一出人间悲剧，就像一场记录了贫者生不如死的电影，画影狰狞，让人心寒。

悲哀一生的开始

汉民歌《孤儿行》

孤儿生，孤子遇①生，命独当苦。父母在时，乘坚车，驾驷马。

父母已去，兄嫂令我行贾。南到九江，东到齐与鲁。

腊月来归，不敢自言苦。头多虮虱，面目多尘。

大兄言办饭，大嫂言视马②。上高堂，行取③殿下堂。

孤儿泪下如雨。使我朝行汲，暮得水来归。

手为错④，足下无菲⑤。怆怆履霜⑥，中多蒺藜。

拔断蒺藜肠⑦肉中，怆欲悲。泪下渫渫，清涕累累。

冬无复襦⑧，夏无单衣。居生不乐，不如早去，下从地下黄泉。

春气动，草萌芽。三月蚕桑，六月收瓜。

将⑨是瓜车，来到还家。瓜车反覆⑩。助我者少，啖瓜者多。

愿还我蒂[11]，兄与嫂严。独且[12]急归，当兴校计[13]。

乱曰：里中[14]一何譊譊[15]，愿欲寄尺书，将与[16]地下父母，兄嫂难与久居。

【注释】

①遇：通“偶”，偶然。

②视马：照看骡马。

③取：急走。

④手为错：两手皴裂如锉石（磨刀石）。一说，“错”应读为“皵”（què），皮肤皴裂。

⑤菲：与“扉”通，草鞋。

⑥怆怆：悲伤貌。履霜：踏着冬霜。

⑦肠：即“腓肠”，是足胫后面的肉。

⑧复襦：短夹袄。

⑨将：推。

⑩反覆：同“翻覆”。

⑪蒂：瓜蒂。

⑫独且：据王引之说，“独”犹“将”；“且”，句中语助词。

⑬校计：犹“计较”。这四句是说，我要赶快回家，希望你们将瓜蒂还给我，因为哥嫂待我刻薄，又要有一番争吵。

⑭里中：犹言“家中”。

⑮譊譊（náo náo）：争辩，论辩。引申为喧闹嘈杂。

⑯将与：捎给。

每当读起狄更斯的《雾都孤儿》时，南希的善良背影总会出现在脑海里。孤儿，无论经历如何，生来似已注定悲惨，所以许多孤儿埋怨着为什么自己要降临人世：“孤儿生，孤子遇生，命独当苦。”诗的一开篇，溢满了孤寂的怨怼。

孤儿原本的生活是奢侈的，父母死后才一落千丈：父母在时，他乘坐的是结实而美观的好车，驾车的是骏健的好马。父母对他百般疼爱，尽量满足他的生活需求，那时娇生惯养、无忧无虑。然而，父母一死，他的情况随之骤变。兄嫂当家，恶意地打发幼年的他外出去做生意，不是南到九江，就是东到齐鲁，到处远行，无刻不停。等到腊月归来的时候，他已是面蒙尘土，虱虮满头，疲惫不堪。兄嫂却刻薄有加，一会儿指派他去做饭，一会儿指派他去看马，一会儿跑上堂，一会儿奔下殿。累得他苦不堪言，又无处诉说，唯有暗自神伤流泪。

被兄嫂当成工具的孤儿，从早到晚做各种活计，手冻裂了没人问，脚上没鞋无人怜，光着脚踩着寒霜去劳动，蒺藜竟然深深刺进脚中怎么也弄不出来，最后埋了半截在肉里。“泪下渫渫，清涕累累”，孤儿泪水与鼻水淌了下来，这样的生活没有一丝快乐，还不如追随父母到黄泉下，早点离开这个悲惨的世界。

新一年的六月，他又被派去地里收瓜，可是回来路上瓜车竟然翻了。过往行人趁机纷纷抢瓜，他忍不住号啕大哭地乞求，“你们把瓜蒂还给我吧，回到家里好向哥嫂交代！”车翻了，人们不仅不帮忙，反而乘乱哄抢，那个时代的冷漠，可想而知。

孤儿拾捡瓜蒂放入空车回到家的时候，兄嫂已经听闻覆瓜之事，在家里“譊譊”怒骂他，他担心要被兄嫂狠罚，满怀忧惧，再一次想到地下的父母，对人生充满绝望，如此境地，不如死去。

一个孤儿的命运就这样被迫完整了。作者如此周详委折，描写入微，极言孤儿悲苦的境地，把社会与人性的黑暗面详尽地刻画出来，这是乐府当中比较成功的诗篇。

生于乱世，本就是悲哀一生的开始；乱世之中父母双亡，孤儿自身难保，又是一重悲哀；人性的冷漠和残酷，再次给了孤儿命运沉重的打击。三重的重击之下，孤儿的命运已经不是自己可以扭转，而是时代、人性需要进行彻底的重塑。

泪水掺进了鲜血

汉民歌《平陵东》

平陵[①]东，松柏桐[②]，不知何人劫义公[③]。

劫义公，在高堂[④]下，交钱百万两走马[⑤]。

两走马，亦诚难，顾见[⑥]追吏心中恻。

心中恻，血出漉[⑦]，归告我家卖黄犊。

【注释】

①平陵：汉昭帝墓，在今陕西省咸阳市西北。

②松柏桐：指墓地。仲长统《昌言》说：“古之葬者，松、柏、梧桐以识坟。”

③义公：古时对“好人”的美称。一说，义公是姓义的人。

④高堂：指官府衙门。

⑤走马：善跑的马。

⑥顾见："顾""见"二字同义，看见。

⑦血出漉：因悲痛心血都要渗出来了。漉，渗出。一说，"漉"作"流尽"解。

咸阳古城西北郊外矗立着汉昭帝的平陵，墓东长满了松柏、梧桐，森气徐徐，时有强盗出没。一天，一位被称为"义公"的长者途经此处忽然失踪，不知是谁劫持了他。人们猜测纷纷。不久，答案便揭晓了：原来这位德高望重的义公竟是被劫持到公堂里，并非土匪绑架，而是官府里恶吏的行径。官吏们明目张胆地把好人弄到公堂上，无来由逼迫义公交钱百万，还要交付两匹善跑的马，如此才能放人。荒郊野外以绑架手段劫持平民，绝不是正常的收缴赋税，实是恶吏以官府的名义强索钱财，敲诈、搜刮民脂民膏。

义公虽然好名在外，却并非有钱的富人，因而他和家人苦苦哀求恶吏放过他们："两走马，亦诚难，顾见追吏心中恻。"希望对方能减低赎款，动动恻隐之心。义公的家人瞧着那些如狼似虎凶神恶煞般的恶吏，既害怕又怨怼，"追吏"与强盗有什么分别！

紧接着，场景转换到义公那里："心中恻，血出漉，归告我家卖黄犊。"他对遭到恶吏绑架勒索又怕又急又恨，悲愤地泪水汩汩流出，里面掺进了鲜血，他告诉家里人："回去商量一下，把那条仅剩的黄牛犊卖掉来帮我赎身吧！"推敲当时的情景，即便是有名望的人都要被官府绑架敲诈，更何况卑微的百姓？

子曰：“小子识之，苛政猛于虎也。”所言极是，残暴的官吏和搜刮民脂民膏的行径，比老虎还要凶猛可怕。

这是一首典型的汉乐府民歌：讲述一个人平白无故被官吏绑架，遭到敲诈勒索，冷峻的叙事中寓有褒贬，真实、深刻地反映社会现实，具有浓郁的生活气息，这正是汉乐府民歌的艺术特征。诗中还采取民歌常用的“顶针”手法，文字复迭，造成迂回往复、反复吟咏的效果，显得层次分明，脉络连贯，韵味十足。

不得不拔剑而起

汉民歌《东门行》

出东门，不顾归。来入门，怅欲悲。
盎[①]中无斗米储，还视架上无悬衣。
拔剑东门去，舍中儿母牵衣啼：
“他家但愿富贵，贱妾与君共餔糜[②]。
上用仓浪天[③]故，下当用此黄口儿[④]。今非[⑤]！”
“咄[⑥]！行！吾去为迟！白发时下难久居[⑦]。”

【注释】

①盎：肚大口小的瓦罐。

②餔糜：吃粥。

③仓浪天：苍天。仓浪，乃叠韵联绵字，青苍色。

④黄口儿：幼儿。

⑤今非：现在去铤而走险是不对的。

⑥咄：指丈夫因妻子一再劝阻而发出的埋怨声。

⑦白发时下难久居：头上的白发已不时地脱落，实难再在家久待了。

落草为寇或揭竿造反，有史以来就被谴责甚或被视为大逆不道，官家势必要将其剿灭，但本诗的作者醉心描述于造反的事件，其中的缘由确实不得不谈。若不是百姓被贫穷逼迫得走投无路，被压榨到了无以为生，绝不会为了“逐鹿天下”此类可笑的理由而拔剑为寇。

诗中一开始便交代了主人公拔剑抢掠的理由——“盎中无斗米储，还视架上无悬衣”。他一再徘徊犹豫，本不想做非法生财的事，出了家门又进家门，几次出进，眼看着家里快要断粮，又没有衣服御寒，他不能让家人就这样坐以待毙。可是，男子的妻子牵着他的衣服哭说：“不要去羡慕别人的富贵，就让咱一家人对付着喝稀粥度日吧！上有老天不允许做非分的事，下有幼小的孩子要你顾忌，出了事，一切都完了。”然而，男人心意已决，不顾女人的哀求，一声“咄”的斥责，又一声“行”的决绝，拔步冲出家门。

《东门行》的语式变化自如，随内容而定，尤其是夫妇的对话参差不齐，妻子的哀怨委屈，丈夫的愤怒迫切，字里行间都表露出来。全诗情节急促紧凑，人物形象脱颖而出：一个极端穷困的下层平民不得不拔剑而起，走上反抗道路的画面跃然纸上。

汉代末年时期，朝政腐败，宦官当权，战祸频仍，以致民不聊生，《东门行》的时代背景正是那个时期，虽然这仅仅是一首没有韵脚的小诗，但却是一个时代大背景的展示，将读者带进了那个风烛残年的末世王朝，为它的不可挽救哀悼。

字字敲人心扉

北朝民歌《折杨柳歌·上马不捉鞭》

上马不捉鞭[①]，反折杨柳枝。

蹀座吹长笛[②]，愁杀行客儿。

【注释】

①捉鞭：拿起马鞭。捉，抓、拿。

②蹀（dié）座：偏义复词，取“座”义。长笛：指当时流行北方的羌笛。

又是一个离别的季节，等待离人的是远方的红尘，折一条柳枝送给离人，盼望着他能如杨柳般，随遇而安。

柳枝，留之，临行而“留之”，折柳的寓意已然明朗，先人以折柳来咏唱离人的惜别情怀，所以早在《诗经》里已有了“昔我往矣，杨柳依依”的诗句。汉代长安东门外的灞桥两岸，堤长十里，一步一柳，由长安东去的人常常在此折柳，赠别亲友。折柳送别，自此而来，在以后的时光里几乎代替了“送别”二字。

本诗把“折柳赠别”翻出新意，不是送行的人赠旅人柳枝，而是即将远行的人折枝送给送行的人。他本上马准备挥鞭启程，却不拿马鞭，反手折一枝杨柳树条送给家人，他的情意不难明白，依然是依依的惜别，分手之际他亦泪流满面。

长柳挥别让送行的亲人同样伤心，因而“蹀座吹长笛”。本是站立着的送行者坐在座位上吹起了长笛。北方流行的羌笛谓长笛，听起来声音呜咽，仿佛悲鸣，因此这声音“愁杀行客儿”。杨柳依依让人不忍，长笛吹起更增愁情。后来，唐人王之涣有了“羌笛何须怨杨柳，明月何时照我还”的诗句，同样把垂柳和长笛放在一起吟咏别情，所表达的幽怨那般感人。

这首离别的诗歌前三句是送别的场面，没有直言离愁，但其中“柳枝摇”“长笛声”的出现已把离情衬得满满，最后一句里，用“愁杀”两字把别情推向高潮，虽是语白文短，但字字敲人心扉。

心若浮萍，漂泊无定

北朝民歌《陇头歌（三首）》

陇头[1]流水，流离山下。念吾一身，飘然旷野。

朝发欣城[2]，暮宿陇头。寒不能语，舌卷入喉[3]。

陇头流水，鸣声幽咽。遥望秦川[4]，心肝断绝。

【注释】

①陇头：陇山顶上，古代陇山指六盘山。甘肃省简称为“陇”，六盘山处甘肃、陕西、宁夏三省区交界处，主脉在甘肃境内。

②欣城：大概指今甘肃省庆阳市镇原县的“新城”，距陇山东麓一百余里。

③寒不能语，舌卷入喉：形容六盘山一带气候十分严寒，冻得舌头都卷了上去，不能说话。

④秦川：陇山以东广大地区，这里代指“故乡”。

“不要问我从哪里来，我的故乡在远方，为什么流浪，流浪远方……”一首流浪歌，走进了古老的北朝战乱时代，与那时的流浪者一道流浪在他乡。

“陇山的流水，流离到了山下。想着我孤身一人，飘荡般游走在空旷的野外。”飘零孤独的游子，流亡到了六盘山，在山上见到发源山间的泉水蜿蜒曲折地流到山下，又一直奔向远方。他凝视着那自然的景象，万般感慨，油然升起，单身流浪越走越远的自己，一如这一泓河水，在远处流逝；独自走在空旷的野外，心若浮萍，漂泊无定，又多像这河水漂游而行，无奈地永远离开源头，洒落远方。

“早晨从欣城出发，晚上到达陇山栖宿在那里。天寒冻得人说不出话来，舌头都卷缩进了喉咙。”凄寒的旅人之苦，想来你不懂。游子早上离开欣城，一天时间竟然奔出一百多里路，至夜睡在陇山上，可想而知有多么辛苦。或许是已经到了霜寒季节，或许根本就是在山坡上露宿，因而他瑟瑟发抖，嘴张不开，舌头也因僵硬而弯曲，无法言语。

“陇山的流水，发出呜咽的鸣声。遥望着秦川，心肝都要断绝了。”这是彻腑的思乡之情。北朝连年的战争，使无数人流离失所，流浪者也许已是妻离子散、家破人亡。他于寒山冰河间，听到陇山的流水声音，好像人的哭泣，那般忧伤。水声本不会有那么凄惨，但听在他的耳朵里则变成了呜咽，为他诉说对家乡的思念。可是，国土已被瓜分得四分五裂，有国难奔、有家难回，每每东望秦川家的方向，肝肠几乎碎断。

人的孤独飘零、山路的险峻难行、北地的刺骨严寒、思念家乡的悲痛情绪，充斥着三首流浪者之歌。

那些年的流浪，其实是一场始料未及。在漂泊的岁月想起故乡，却忘记了旧人的模样。游子何曾爱流浪，还不是没有栖息的屋檐和等待他们回家的身影在远方。

卷九　论成败，英雄豪迈

真正的英雄豪杰要追求大作为，结交朋友贵精而不贵多，且要有识别真正朋友的鉴赏力，有鹤立鸡群的自我欣赏精神，有舍我其谁的狂傲气概。

英雄末路的悲愤

秦末汉初·项羽《垓下歌》

力拔山兮气盖世。
时不利兮骓①不逝。
骓不逝兮可奈何！
虞②兮虞兮奈若何！

【注释】

①骓（zhuī）：项羽的坐骑乌骓马。

②虞：项羽的爱妃虞姬。

一开始没有幸福的结局，可能是一开始错误的坚持。虞姬和项羽，彼此错了一步，便注定错过了一生。

每个神往秦末汉初的人，对项羽、对刘邦、对虞姬、对吕雉、对很多人，不能没有憧憬，因为那是一个豪杰四起的年代，一个可以独自玩转江山的游戏，任你书写对生命、对权力、对天下的骚动。可是，不是每个人都能成为游戏的王者，残酷的现实终究要面向被淘汰的英雄，无论曾经多么不可一世。

项羽在唱出这首《垓下歌》时，定是心有不甘的吧。不甘如火，焚烧着心房，可输了终究是输了，这是一个不能改变结局的战争游戏。

项刘之争，几乎是每个人都牢记的历史。在垓下之战中，项王被汉军和诸侯军围困数重，兵少食尽，夜里又听到四面楚歌，心知难以突围，他看着身边最爱的美人虞姬和乌骓马，于是放声高歌：“力拔山兮气盖世……”一遍一遍地吟唱，唱给所有人听，唱给自己听。

曾经是“力能扛鼎，才气过人”的大英雄，斩杀会稽守，一府震惧伏地；巨鹿之战破釜沉舟，跃马长枪，大破秦军，诸侯将领膝行而前，莫敢不从；鸿门宴上呈诸侯……多年睥睨天下、笑傲九州的他，如今竟是惨败的结局。

英雄末路的悲愤，纵有千言万语也难以述说，项羽陡然迸发出“力拔山兮气盖世”的长吟，如排山倒海，气贯长虹，含进了胜败兴衰的无限悲慨。仿佛见到那虬髯环眼屹立如山巨人的仰天啸吼，听到啸声震颤寰宇回荡后世千百年。

不可一世的英雄，如今败下来了，似乎一切尽是天意。他怨恨天时于己不利，连忠实健劲的千里马也跑不起来了。英勇无敌但又坦率、天真的他，面对的是狡猾的对手，说到底不是军事上的败北，而是谋略上、性格上的失败。他企盼重新来过，再与刘邦一决高下，可机会不再，他注定败给了自己完全可以战胜的对手。望着依偎身旁的爱姬，只能叫她的名字，却无能为力。叱咤风云的英雄，强弩之末下竟然连心爱的女人都保护不了，他的无奈显而易见。

后人本不愿让二人的爱化为凄美的结局，但这出戏终究是以虞姬的死和项羽的自刎而谢幕。

年轻时，有些事无法懂；懂得时，已不能从头再来。项羽的悲剧，输在了对青春的骄纵，对敌人的轻视，所以必须承担江山梦破碎的结局。然而，在这结局之中，最美也是最不该的，是他与虞姬的开始。

黃金布地梵王家
白玉成林膩後花
對酒不妨還弄墨
一枝清影寫橫斜

意气风发的歌唱

汉·刘邦《大风起》

大风起兮云飞扬，
威加海内兮归故乡，
安得猛士兮守四方。

这不是最好的诗，也不是最美的诗，可是每次读罢，心总是会跟着沸腾。

刘邦，一个几乎可以归类为市井流氓的男子，却唱出了这样豪壮的歌，卷起了两千年前历史的波澜，开创了一个前无古人、后无来者的天下，书写了大汉王朝的第一笔。

秦朝末年，陈胜、吴广揭竿而起，由此诸侯竞逐，群雄四起，狼烟处处，尸横遍野，天下大乱。“大风起兮云飞扬”，等这乱世风暴狂吹起，云起云飞的局面稳定下来时，新一轮的时代风暴再次卷起，风云色变。

刘邦战胜项羽依靠了许多支军队的协同作战，项羽战败之后，这些军队就成了刘邦心中的隐痛和威胁，他建立大汉王朝之后为笼络人心，安稳登上帝位，把那些曾经协助过他的首领一一封王。不过，总有些人按捺不住，而他也想将这些人除之后快。于是，在进行缴械各路人马的时候，淮南王英布起兵反抗，刘邦亲自出征将其击败。回师路上，他来至故乡沛县召父老兄弟聚饮，酒酣之际，一面击筑，一面即兴而唱这首《大风起》，甚至下场一舞。

回想当年秦朝担任泗水亭长的自己，在农民起义中趁乱起兵，于沛县登高一呼，英雄迅速集于麾下，被大家拥戴称“沛公”；后又取得汉王封号，占据了汉中和巴蜀；再战胜强大的项羽，建立了大汉国；此次再把骁勇善战的英布袭灭，更增加了煊赫的威势，他自诩“威加海内”实不为过。

然而，如此豪唱并不能说明他荣归故乡而踌躇满志，大汉国面临的局面并不乐观。虽然他已诛杀威胁江山的韩信、彭越，但英布的反叛使得他身负伤病。此时他已经六十二岁，太子却软弱无能，他怕有人接着反叛，所以才发出了担忧之语：“安得猛士兮守四方？”

可是，所有忠心猛士已经为他所诛戮，真正忠心耿耿的人在何方，国家前途未卜，刘氏江山不知能否安享千年，他当然会有不安。

这是一代帝王意气风发的歌唱，同时也是一个开国君王不能避免的忧愁。他的豪言壮志有人懂，可谁也不懂开在他心中的寂寞之花，一面在享受胜利归来的喜悦，一面独守内心的凄凉，玩着只他才懂的兴亡游戏。

如此风骨，有着迷人的沉香

三国·魏·曹操《步出厦门行·龟虽寿》

神龟[1]虽寿，犹有竟时。腾蛇[2]乘雾，终为土灰。
老骥伏枥[3]，志在千里；烈士[4]暮年，壮心不已。
盈缩[5]之期，不但在天；养怡[6]之福，可得永年。
幸甚至哉，歌以咏志。

【注释】

①神龟：传说中的通灵之龟，能活几千岁。

②腾蛇：传说中与龙同类的神物，能兴云驾雾。

③骥（jì）：千里马。枥（lì）：马槽。

④烈士：有雄心壮志的人。

⑤盈缩：指人的寿命长短。盈，长。缩，短。

⑥养怡：保养身心健康。

庄子留下了一个传说：楚国有一只神龟，活到三千岁才死去；韩非子也说过飞龙乘云，腾蛇游雾，与龙同类的腾蛇能兴云驾雾。古代流传下来的神物在人们心目中自然是受到顶礼膜拜的，但曹操的诗境里，神龟虽长寿也有终了的时候，即使三千岁也要归于逝灭；腾蛇虽本领很大，最终也还是要化为灰土。即便雄才大略的秦始皇、汉武帝，也不免被所谓的仙道长生之术蛊惑，独有曹操对生命的自然规律有着残酷的清醒，在那个迷信猖炽的时代里，显得分外真实。

在三国的权利游戏里，曹操应是最擅长操盘的一个，太过明晰的现实，总是让他第一个清醒，同样，他亦是最想挣脱现实，把游戏导向理想结局的一个。

写这首诗时，他正在北征乌桓取胜回师的途中，已是五十三岁的他，在古代已算近于垂暮之年，但仍心胸万丈。“老骥伏枥，志在千里；烈士暮年，壮心不已”，曹操夙有治理天下大志，此时北方虽已平定，但内忧外患仍然不断；南边鼎足而立的吴、蜀更是大患。想到一统江山的宏愿尚未实现，他以年老伏枥尚存驰骋之想的千里马自比，万丈豪情油然而出。

《世说新语》记载：东晋时重兵在握的大将军王敦，每逢酒后都一边击打唾壶伴奏一边咏唱曹操的这四句诗，把壶口都敲击出了个缺口。这诗句承载着震撼人心的魅力，使无数英雄为之倾倒。

慷慨高歌后归于平静，曹操道出了人生的现实：长生不老不必妄加期冀，但人的寿命或长或短不是天定，只要调养有方，便可保持身心健康、延年益寿。他的“养怡之福”并非坐而静养，无所事事，而是说，不应因年暮而消沉，保持良好的精神状态，自能得享天年。

曹操的诗，是那个年代真正的诗，也是一个时代风骨的体现。《文心雕龙·时序》说：“观其时文，雅好慷慨，良由世积乱离，风衰俗怨，并志深而笔长，故梗概而多气也。”他以鞍马为文，横槊赋诗，悲壮慷慨，震烁古今。这种充满激情、爽朗刚健的风格，被后人称为“建安风骨”。如此风骨，有着迷人的沉香，熏沁着后世辈出的英豪。

好男儿当自强

北朝民歌《企喻歌》

男儿欲作健[①]，结伴不须多。

鹞子[②]经天飞，群雀两向波[③]。

【注释】

①作健：犹言“称雄”。健，即壮士、勇士之意，多指军中士卒。

②鹞子：猛禽，似鹰而略小，古人多蓄养之以捕鸟雀。

③两向波：如同波浪向两边分开。一说，“波”为“播”的借字，即“逃”之意。

傲气面对万重浪，热血好似红日光。胆似铁打，骨如金刚，胸襟百千丈，眼光万里长。真正的好男儿，当有阳光一样的气息，有大海一样的胸襟，有飓风一样的力量。北朝鲜卑族作为游牧民族，本就有很强的尚武精神，在征战连连的时期，男人上马打仗成了天经地义的责任，因而像本诗这种出现在战场上的诗歌，多有鼓励男儿一往无前的意思。

真正的英雄豪杰要追求大作为，结交朋友贵精而不贵多，且要有识别真正朋友的鉴赏力，有鹤立鸡群的自我欣赏精神，有舍我其谁的狂傲气概。这样的诗境已经脱离了仅在战场上厮杀的框子，塑造了一个特立独行的剑客，少有人能与之比肩，罕有人是其敌手。

在一般的语境里，“鹞子经天飞”喻指男人勇武，把自己比作猛禽，把敌方比作小雀；然而，在这首诗里，却更突出的是鲜卑族人“以刚猛为强”的本。把它的意义伸展开，则有苍鹰展翅的意蕴，甚或鲲鹏长飞的气魄，向既定的目标勇敢地去追寻，再多的敌人，再大的困难，也会被自己强劲的翅膀击得粉碎。

若在那边陲上，西风猎猎，旌旗漫卷，烈马长嘶，万人的战斗队伍齐唱这首豪壮的军歌，定让敌人心胆俱裂，弃甲而逃。

《企喻歌》是鲜卑族的歌谣，产生于北朝燕、魏之际，用于行军时在马背上歌唱，称其为军谣亦不为过，诗中与生俱来的“仰天长啸，壮怀激烈”将人带入古老的战场，体味那个时代的豪放。

凭一柄宝剑笑傲疆场

南朝·梁·吴均《胡无人行》

剑头利如芒，恒持照眼光。
铁骑追骁虏①，金羁讨黠羌②。
高秋八九月，胡地草风③霜。
男儿不惜死，破胆与君尝。

【注释】

①骁虏：骁勇的来犯之敌。

②金羁：饰金的马络头。黠羌：狡猾的边陲敌人。羌：古代西部民族之一。

③草：《百三名家集》，作“早”。

如若生在乱世，壮志男儿恐怕皆枕着一个豪杰梦，在梦里书写自己的烈士情怀。

清人王士祯在《带经堂诗话》卷一里说，盛唐“边塞之作，则出鲍照、吴均也”。吴均的边塞之作对后人的边塞诗有着极大的影响。边塞诗也是他的诗中写得最好，也最有特色的一部分。

历史中记载的吴均似不曾去过边塞，但他却将边塞诗写得畅快淋漓，足以证明他心中有着侠客梦、壮士魂。由此推知，不难想象他笔下有着怎样的灵魂。

剑头利如芒，恒持照眼光。诗中长剑如芒的侠客，必是一代剑道高手或者杀敌勇士。不必费力去想象这人的面貌如何英气，见剑如见人，绝世好剑已道出壮士的骁勇善战，在剑光照射敌人眼睛的那一刻，敌人已经身首异处，饮恨沙场。

边疆的战事无比激烈，尽管“骁虏”和“黠羌”都是强悍的敌人，但在他的剑下尽都大败而逃。如芒利剑，再加上披甲饰金的战马，任何强敌都会败在他的手下。那些骁勇的来犯者和狡猾的异族战士望风而走，身后是他骑马飞驰穷追不舍的身影。

在天高气爽的仲秋之节，边塞之地早已风霜一片，但英雄豪杰不惧秋寒袭人，区区一点儿寒意只当闲庭纳凉。一骑马、一柄剑，杀敌闯天下。如此的英姿飒爽，犹像当年的飞将军李广。

至此，一个英姿勃勃、豪气逼人的血性男儿兀立在面前，不仅披肝沥胆奋战沙场，且要破开肚腹露出肝胆，让君王鉴赏。誓死为国效忠的胸怀，豪气干云，慷慨壮烈。

史传记载，吴均为人志向高远，有建功心却仕途不畅。虽非军人武将，但从他的诗中看得出其对宝剑情有独钟。这样一种侠者气概，在靡弱的齐梁诗文里几不得见。似乎他也身负高强武功，要凭一柄宝剑笑傲疆场，一尝豪杰的滋味。

特定时代的社会风尚
北朝民歌《琅琊王歌》

新买五尺刀，悬著中梁柱。
一日三摩娑①，剧于十五女②。

【注释】

①摩娑：抚摸、抚弄。

②剧于十五女：胜过十五岁少女。

“剑是君子所佩，刀乃侠盗所使。”长剑若君子，宝刀似侠客，刀的刚猛和狂放，永远使那些拥有侠客梦的人倾倒。古龙说：“剑是优雅的，是属于贵族的；刀却是普遍化的，平民化的。”这是不是意味着，刀是每个有梦的人都可以拥有的。许多侠情墨客喜爱咏刀，李白的一句“酒后竞风采，三杯弄宝刀”，犹令人格外喜爱。

本诗中描绘的男子尤其喜爱长刀，甚至不惜付出重金新买了一柄五尺刀刃。他对刀的喜爱，从他把它挂在中梁柱上那一刻起，已经见得：时刻不能离开自己的视线，犹如圣物般供奉在中堂而顶礼膜拜，这刀已经不局限于本身的意义，更重要的是它的精神。

一日三次拂拭刀刃，男子视刀胜过美艳的女子，足见他爱刀如命，好似嗜武狂夫，又像是有一种使命在等待他义无反顾去完成。

诗中似写一位王者，又似写一名侠客，长刀所向，游目四顾，睥睨天下，风华绝代的气质脱颖而出。

这首诗，其实隐含着一个未婚男子对妙龄女子的渴求，同时也衬托了他对刀的爱恋。尽管妙龄女子是他内心的追求，但是与刀相比，女子是次要的。这是一个特定时代的社会风尚，刀重于女子，正是一个民族的尚武精神所在。

豪气云干的诗意

北朝民歌《折杨柳歌·健儿须快马》

健儿须快马，快马须健儿。
铋跋[①]黄尘下，然后别雄雌[②]。

【注释】

①铋跋：指马蹄击地的声音。

②雄雌：指高低、胜负。

古往今来，不知有多少英雄豪杰纵骏马驰骋天下——西楚霸王项羽的马名为骓，日行千里，睥睨众生；汉末吕布有骏马名赤兔，后来被勇冠三军的关羽得到，一生载负主人奋战沙场，建功无数。剑气凌云的侠士须配千里驹，不然锐气便去了四分。

其实，健儿爱快马，快马何尝不须健儿。好马需要有良主，把它交给农夫，只能用来犁田；而健儿骑乘好马，好马当如赤兔，与主人同样所向披靡。《马说》中言："世有伯乐，然后有千里马。千里马常有，而伯乐不常有；故虽有名马，祇辱于奴隶人之手，骈死于槽枥之间，不以千里称也。"韩愈的笔下，好马需要伯乐，不然只有屈死在马圈里的命运。在这首《折杨柳歌》中，诗人爱马之情显而易见。

"铋跋黄尘下，然后别雄雌"，到底谁是草原上的英雄，且看马上功夫如何。豪气云干的诗意，洋洋洒洒跃然纸上。

鲜卑族历来尚武，这首歌毋庸置疑是鲜卑族人所唱。由爱马之心，到比试马技，再到彰显“生当作人杰，死亦为鬼雄”一般的气概，已让许多靡靡之音、颓废之歌望尘莫及。

在冷春里盛放

北朝民歌《木兰辞》

唧唧复唧唧[①]，木兰当户织。不闻机杼声，唯闻女叹息。问女何所思，问女何所忆。女亦无所思，女亦无所忆。昨夜见军帖[②]，可汗[③]大点兵。军书十二卷，卷卷有爷[④]名。阿爷无大儿，木兰无长兄。愿为市鞍马，从此替爷征。

东市买骏马，西市买鞍鞯[⑤]，南市买辔头[⑥]，北市买长鞭。旦辞爷娘去，暮宿黄河边。不闻爷娘唤女声，但闻黄河流水鸣溅溅。旦辞黄河去，暮至黑山头。不闻爷娘唤女声，但闻燕山胡骑鸣啾啾。

万里赴戎机[7]，关山度若飞。朔气传金柝[8]，寒光照铁衣。将军百战死，壮士十年归。

归来见天子，天子坐明堂。策勋十二转，赏赐百千强。可汗问所欲，木兰不用尚书郎，愿驰千里足，送儿还故乡。

爷娘闻女来，出郭相扶将。阿姊闻妹来，当户理红妆。小弟闻姊来，磨刀霍霍向猪羊。开我东阁门，坐我西阁床。脱我战时袍，著我旧时裳。当窗理云鬓，对镜帖花黄[9]。出门看火[10]伴，火伴皆惊惶。同行十二年，不知木兰是女郎！

雄兔脚扑朔，雌兔眼迷离[11]；双兔傍地走[12]，安能辨我是雄雌！

【注释】

①唧唧：纺织机的声音。

②军帖：征兵的文书。

③可汗：古代西北地区民族对君主的称呼。

④爷：和下文的“阿爷”一样，都指父亲。

⑤鞯（jiān）：马鞍下的垫子。

⑥辔（pèi）头：驾驭牲口用的嚼子、笼头和缰绳。

⑦戎机：指战争。

⑧朔气传金柝：北方的寒气传送着打更的声音。朔，北方。金柝，即刁斗，古代军中用的一种铁锅，白天用来做饭，晚上用来报更。

⑨花黄：指古代妇女的一种面部装饰物。

⑩火：通“伙”。古时一起打仗的人用同一个锅吃饭，后意译为同行的人。

⑪雄兔脚扑朔，雌兔眼迷离：据说，提着兔子的耳朵悬在半空时，雄兔两只前脚时时动弹，雌兔两只眼睛时常眯着，所以容易辨认。

⑫双兔傍地走：两只兔子贴着地面并排跑。

夜黑得就像墨一样，不知哪颗星的名字叫木兰，多年来她披着时间，逆着风度过了关山，吞下许多年心酸，把铁衣当褥被盖，把十年征战当晚餐，这个被人们铭记的故事，那段被遗忘的历史，木兰用一个人的盛宴，一个人的孤寂，一个人在战场上的独角戏，写下了恒久的诵辞。

几乎是每个人，在花木兰的陪伴下走过了义气的童年。身为女儿身，却有男儿的胸襟气魄，这便是花木兰，一个好似木兰花的女子，“素艳风吹腻粉开”，在冷春里依然盛放，铮铮心骨，不畏霜寒。

于是，关于木兰的歌，作为她给人的回忆，唱出了一段巾帼英雄的故事。《木兰辞》，南北朝时期北方的长篇叙事民歌，与《孔雀东南飞》被合称“乐府双璧”，深受世人的宠爱。但相比焦仲卿与刘兰芝的痛彻心扉的爱情，绝大多数人更喜爱意气风发的花木兰，无关爱恨，只有洒然一身。

少女时代的木兰，与所有的女儿一样，做着织布的家事。可是，当父亲被征召入伍之时，见父亲年老体衰，她唯有女扮男装代父充军，万里赴戎机，开始了整整十年的戎马生涯。

战场上出众的表现和勇武超过了一众军友，无论多么艰苦的战事她都一一挺了过来。数年之后，她已身经百战，不少人为国捐躯，她却幸存下来。终有一天，战争彻底结束了，已经升做将军的木兰随着军伍胜利凯旋。当犒劳簿上列满了木兰的功勋，天子论功行赏问木兰要什么时，木兰才真正脱下战袍，回到久别的故乡与亲人团聚。

回乡的那一刻，脱去男子的战袍，穿上女孩子衣裳，对着镜子整理漂亮的头发，还在脸上粘贴好看的装饰物。战友们才知道，原来木兰是女儿身。

每个人在为青春哭泣时，木兰已在书写她的寂寞沙场生涯；每个人为春华秋实而伤春悲秋时，木兰看的是黑山荒野、听的是胡骑啾啾。假如可以选择，木兰宁愿没有战场的功勋、杀戮的回忆，重新书写有关她的千载红尘。

卷十　有一种风景，叫四季流转

出世与入世，不过是一种心情，若是人间有事未央，只要心足够宁静，任何时候都不会被打扰。

春风动春心

南朝民歌《子夜四时歌·春风动春心》

春风动春心[①]，流目[②]瞩[③]山林。
山林多奇采[④]，阳鸟[⑤]吐清音。

【注释】

①春心：欣赏春色的心情。

②流目：意为转动目光，放眼随意观看。

③瞩：有“注视”之意。

④采：此处当通“彩”。

⑤阳鸟：指候鸟，此处泛指阳春三月的鸟。

叶子伴着徐徐的春风点点生长，草毯一张张铺满原野，远望摇曳的烟柳，花儿渐渐地开放，仿佛能听到植物沙沙的生长声。

春风习习拂动，拂过树，拂过草，拂过人的发丝，拂醒了万物；风儿和煦，催促山峦快些青翠，百花快些开放，也催动人赏春的喜悦。“春风动春心”，季节的暖风和感受春意的人心一起活动起来，也把读诗人的心抓住了。

世间唯有水才喜欢流动，人的眼睛里含着秋水，所以才有眼波闪动，情感外溢。一句“流目瞩山林”，把人的清澈眼神被山林吸引得波涛涌动体现出来，可谓别出心裁的比喻。至此，我们不用细腻的语言描绘春山的美妙，只“流目”二字，已让人想象到春天给青山装扮的外衣。

随着眼波的流动，山林也动起来了：青翠的林木布满了起伏的坡岭，不再是冬日的稀疏，显得密密实实的；树木稀疏的山岭，山草葳蕤，野卉遍布，山花漫铺无处不在，岭脉成了花的海洋；山坳里一缕清泉，颠簸蜿蜒地流淌，清澈的水还发出清泠的响音。

无论从哪一种角度去看，这个山花烂漫、芳香四溢的空山幽谷，都有着让人不能忽视的绚烂春光，不但诗中人，读者的心也跟着久久不忍离去。

随着林动，春鸟也动起来了，当地的留鸟及南归的候鸟聚在一起沐浴着融融的春风，在明媚的阳光下鸣啭啼叫。鸟儿们的春情涌动，再次带动人的心潮。

回环往复的诗情画意，不断涌出的动感诗情，使这小小的诗篇清新秀丽，如行云流水一般，朴素、自然、浑厚、清新，同时又不乏内敛的感情，好像每个字，都在书写春天。

点燃在这大好的春光里

南朝民歌《采桑度》

蚕生春三月，春桑正含绿。
女儿采春桑，歌吹当春曲。

“春日载阳，有鸣仓庚。女执懿筐，遵彼微行，爰求柔桑。春日迟迟，采蘩祁祁……”《诗经·七月》里描绘的采桑情景很是真切：春日暖融融，黄鹂在鸣叫，挎篮子的采桑女袅袅婷婷行在小路上，她要去田里采嫩桑叶，半路上却采集了许多白蒿，打算回家赏给幼蚕，心情随着采撷的行路越发欢快。

这首《采桑度》里江南的情景和《七月》的春天一样，春风又绿了大地，太阳暖了心房，女子们开始忙着采摘桑叶，喂养家中的蚕宝宝。野地和山间被一片片绿油油的桑林覆盖，着红衣的少女在绿叶间如一只舞动的蝴蝶，小鸟儿陪着她唱起了春日的欢歌。

宋人晏殊在一首词里把采桑时节描绘得很美，“燕子来时新社，梨花落后清明。池上碧苔三四点，叶底黄鹂一两声，日长飞絮轻。巧笑东郊女伴，采桑径里逢迎”。

晏殊的那个春天，有燕子衔泥和梨花新落，还有池上碧苔和叶底的黄鹂；而《采桑度》的春日，有着“蚕生春三月，春桑正含绿”，透露了春桑含着的一抹绿芽，内中的春意需要想象：一个爬满龙眼果树的山坡，一片绿条柔柔的桑林，还有一块初生甘蔗的田亩，旁边是一条弯弯曲曲的小路……

江南人从三月始养蚕，到七月告一段落，秋季以后又可以养几个月。春季的蚕从孵化到吐丝需要二十多天，期间要喂养大量的嫩桑叶，因而，此间人们必须急着采桑给蚕喂食。诗中的女孩儿是采桑的高手，拉桑枝，压青条，两手左右开弓，嫩叶便纷纷落入筐中。她一边采桑一边歌唱，唱的是春歌，唱的也是情歌，在春日里送给心中的爱人。

春日的采桑少女是那样的可爱，所以大诗人李白才会为她们写下“素手青条上，红妆白日鲜”的美言。

《采桑度》本为一组歌唱江南女子蚕桑劳动和春情的民

歌，这里才选了小小的一首，便掀起了满目的绚丽春色。若是从全组诗来看，采桑女不但唱的是情歌，更是将人生的希冀，点燃在这大好的春光里。

执着的爱恋更加感人
汉民歌《江南》

江南可采莲，莲叶何田田！
鱼戏莲叶间，鱼戏莲叶东，
鱼戏莲叶西，鱼戏莲叶南，
鱼戏莲叶北。

江南的莲湖和莲塘总是那样迷人，不但有着碧落的画卷，更有采莲的美丽姑娘，引起文人骚客的诗兴。“涔阳女儿花满头，毵毵同泛木兰舟。春风日暮南湖里，争唱菱歌不肯休。”“菡萏香连十顷陂，小姑贪戏采莲迟。晚来弄水船头湿，更脱红裙裹鸭儿。”这分别是唐人戎昱和五代的孙光宪写的小诗，把莲湖春景和采莲女的美描绘得婉致曼妙。

而本诗，依然有着它别样的含蓄和秀气。

江南的碧水莲塘，一艘小舟荡漾在绿荷间，莲叶十分茂盛。采莲人一边忙着劳作一边享受着美景，任由脚下的舟自行去留。

莲丛里扑棱作响，透过澄澈的水可以看见，原来是几条鱼儿在莲叶底嬉戏。有时用嘴触碰着莲茎和莲叶，样子像是吸食又像是亲吻。鱼儿在莲底追逐着，一会儿到了莲叶东面，一会儿跑到莲叶西面，一会儿又去南面，一会儿又到了北面，好像有意表演，煞是可爱。

历代莲塘里的诗，大多数描写江南水国采莲女劳动、生活的情态，以及她们对纯洁爱情的追求。可这首诗里却没有一个字写人。不过，正如王维“莲动下渔舟”的诗句一样，水面的莲叶动了，是有舟划来，鱼动了，是有人泛舟而过。所以，我们有理由相信，本诗是一首情歌，以“莲”谐音“怜”，用来表示怜爱、爱情，以鱼儿戏水、戏莲来暗喻青年男女的相互吸引和接触。以鱼和莲花来比喻少男少女的恋爱，反复地用鱼戏莲叶来表达少男的追求，执着的爱恋更加感人。

江南的气候湿润，物产丰饶，山川明媚，花木繁荣，容易陶冶人热烈而浪漫的诗情。说诗里写景也可，说诗里有情也行，主要看你做何猜想，心里有什么，眼前便看到什么。

率意一唱

北朝民歌《敕勒歌》

敕勒川①，阴山②下，
天似穹庐③，笼盖四野④。
天苍苍，野茫茫，
风吹草低见牛羊。

【注释】

①敕勒川：泛指敕勒族游牧的草原，大致在今内蒙古土默特旗一带。

②阴山：阴山山脉，今在内蒙古自治区中部，东西走向。

③穹庐：游牧人住的圆顶毡帐。

④野：读“yǎ”。

碧云天，青草地，春色连波，波上含烟翠。敕勒川旁，阴山脚下，天苍苍，野茫茫的敕勒族故事相传了一千五百年，那是一段沧桑而美丽的传说。

东魏孝静帝武定四年（546），东魏权臣高欢率鲜卑、敕勒等民族组成的十万军兵，进攻西魏的军事重镇玉壁（在今山西南部稷山县西南），战败返回时，军中谣传高欢中箭将死。为振军心，失意的高欢命部下老将斛律金作一曲表现鲜卑、敕勒族民族精神的歌曲。于是，大将斛律金即兴写下了《敕勒歌》的高歌，站在茫茫原野上，高歌一曲，随即，高欢也附唱起来，一时间，将士想家的心、卫家的情澎湃起来。这首雄浑的草原之歌从那时起流传至今。

敕勒族是原匈奴族的一支后裔，后来定居在敕勒川这片草原上。“敕勒川，阴山下”，歌词道出了敕勒川的地理位置，它位于高耸云霄的阴山脚下，那里正是高欢出兵作战的敕勒和鲜卑族人的家园，将士们在战场上下来，唱起雄浑豪壮的故土之歌，斗志旋即溢满热血的胸膛。

仰望长天，环顾四野，广大的天空就像一个巨大无比的圆顶毡帐把大草原笼罩起来。阴山是绵亘塞外的山脉，草原在阴山为背景的衬托下显得旷达雄伟。天空是青苍蔚蓝的颜色，绿色的草地宽展无边、一望无际，如一块天造地设的大毛毯铺盖大地。以天为被，以地为榻，天地正是尔等的家，在这天地之下，何惧之有。

整首诗前面全是宏观的静态描述，然而最末一句“风吹草低见牛羊”，立即让寂静的草原瞬间热闹起来。由于牧草丰茂高长，牛群羊群隐没不见。忽然有风吹来，压低了草头，群群牛羊如同埋伏的战士们尽都现出身来，随着草波忽隐忽现。俯瞰突现遍地牛羊的草原，仰首可见穹庐似的高天，没有人不为这雄奇惊艳。

敕勒族人以草原为家，以穹庐为居室，放牧是他们的衣食来源，草原养育了他们豪爽的性格。因而率意一唱，热爱家园的情谊、不畏天地的豪气，成就了这首境界开阔、音调浑厚的诗章。

款款地将恋歌诉说

南朝民歌《采莲童曲》

泛舟采菱叶①，过摘芙蓉花。

扣楫②命童侣，齐声采莲歌。

【注释】

①菱叶：菱科植物菱或其同属植物的叶。

②楫：短的船桨。短曰楫，长曰棹。

娇花盛放，清水芙蓉，无论是姿容还是韵味，全像是清纯美丽的女子。所以，在南朝的采莲民歌里，往往说的是爱情。诗中从“泛舟采菱叶”的游湖一幕开始，款款地将恋歌诉说。

时人泛舟采菱叶，只因菱叶可以入药，它与荷花、莲花叶并称芰荷，所以屈原的《湘君》中有“制芰荷以为衣兮，集芙蓉以为裳”的句子。在南北朝时，泛舟湖池，采摘菱叶、菱芰，欣赏莲花，是帝王和士大夫乐而不疲的赏心乐事。梁简文帝萧纲曾写过一首佳妙的《采菱曲》：“菱花落复含，桑女罢新蚕。桂棹浮星艇，徘徊莲叶南。”

当然，此时来泛舟的人不是皇帝，更非劳作的女子，应该是带着童仆游玩的文人雅士或是翩翩公子。他们泛舟并非一尝劳作的滋味，而是在这芙蓉烂漫的季节里寻一段雅事。

湖水片片，莲花让人流连忘返，近看身前的莲花，雅丽端庄、清幽玉洁，犹如刚出浴的美人，妙丽不可方物。他被绝色的莲花所震撼，起身命小童齐声唱起采莲歌，自己还用短桨在船帮上击打着节拍，似乎在举行一场有歌舞的盛宴。

仔细揣摩诗意，若莲花指代美丽的女子，那雅士公子游湖歌唱，则更加说得通了。

无论这是一首写给心仪女子的歌，还是真正赏花赏景的一时唱作，皆富有情调和韵致，再冰冷的心融入到这游湖的景致里，怕是都要被揉碎了。

心足够静，就不会被打扰

南朝·齐梁·陶弘景

《诏问山中何所有赋诗以答》

山中何所有，岭上多白云。

只可自怡悦[①]，不堪持寄君。

【注释】

①怡悦：取悦，喜悦。

陶弘景是齐梁间的道教思想家兼医学家，自幼聪颖出众，十岁读葛洪《神仙传》，十五岁著《寻山志》，二十岁被用为齐诸王的侍读，后拜左卫殿中将军，再后隐居专事道教和医学研究。这首诗原题下注云："答齐高帝诏。"可见诗写在其解职归山时。

齐高帝诏书问他，"山中何所有？"是在暗示他的山中没有高官厚禄、荣华富贵，也没有锦衣玉食和轻歌曼舞，奉劝他出来做官。

陶弘景的回答则很风趣："岭上多白云。"既然打哑谜，他也顺水推舟，告诉高帝这里只有轻淡缥缈的白云。

高帝听此也就明白了，陶氏早不再恋慕荣华富贵，隐居的意志弥坚。

在迷恋利禄的人看来，白云不值一钱，在陶氏的心中却是超尘出世的境界，他钟情的这种境界，别人未必能理解，所以才有“只可自怡悦，不堪持寄君”的叹息。此言语带双关：一指，天上白云轻贱，不可以拿来寄给高帝；另指，他这种白云情怀的人，也不好被君王所接受，巧妙地表达了谢绝之意。

梁代替齐以后，梁武帝萧衍也请陶氏出山。陶氏画了一张画，两头牛，一个自在地吃草，一个带着金笼头，被拿着鞭子的人牵着鼻子走。梁武帝一见便知其意，不再勉强。虽不为朝官，但两人书信不断，梁武帝常以大事与他商讨，所以人们送了陶氏一个雅号：山中宰相。

出世与入世，不过是一种心情，若是人间有事未央，只要心足够宁静，任何时候都不会被打扰。

自然的天籁

南朝民歌《子夜四时歌·白雪停阴冈》

白雪停阴冈[①]，丹华耀阳林[②]。
何必丝与竹[③]，山水有清音。

【注释】

①阴冈：阴面的山冈。

②丹华：本意为红花，这里指间有红叶和红花。阳林：山阳面的树林。

③丝与竹：丝为弦乐器，竹为竹管乐器。“丝竹”也泛指音乐。

一场携着人间风花雪月的雪，流落到了江南。

它不是北方洋洋洒洒的梨花白雪，没有团团的可爱，却是轻巧柔白得怜人。江南的雪犹玩得疲了，所以不再飘舞，静静地睡在山阴的一面。

这里的山有奇特的美：阴坡睡着白雪，山皮的冷土被一片凉玉掩盖着；阳坡却是留着秋意又含着秋情，红黄为主色的树林杂以绿叶，不时还能见到一朵朵红色山花，把山的阳面衬得好看。

一坡白雪地，一坡山花烂漫，站在山巅上，领略到的是“白雪停阴冈，丹华耀阳林”的人间奇景。

赏悦了此情此景，心却不免有遗憾，所谓“耳得之而为声，目遇之而成色”，只有静态的美不够，人的听觉也要享受怡悦，恰恰这座山满足了人的需求——“山水有清音”。山中的泉水淙淙流淌，坡上的雪水融化泠泠潺潺，阴坡的雪随着风儿淅淅沥沥地掉落，像洁白珍珠从天上滚落凡间，击打出美妙奇特的音乐。

水声、雪声、风声，形成奇妙的交响乐，这自然的天籁胜过管弦的讴哑，何必人间丝竹来演奏，一切显得多余。

冬雪与粉花红叶，寒冰与高山流水，往往不能相提并论，实因它们难于出现在同时同地。然而，诗中的景象把它们巧妙地融为一体，必是造物主偶然兴起赐给人世间的美丽。那位写下这首诗的作者，该是福缘深厚才遇此奇景，留下清新的诗章和美妙的画幅。